ベリーズ文庫

イジワル御曹司と契約妻のかりそめ新婚生活

砂原雑音

STARTS
スターツ出版株式会社

目次

イジワル御曹司と契約妻のかりそめ新婚生活

特別書き下ろし番外編

イジワル御曹司と契約妻の
かりそめ新婚生活

プロローグ

ゴールデンウィーク間近の爽やかな春の休日。いつもなら家に引きこもり、趣味の読書を満喫しているところだ。それなのに、私は堅苦しいスーツ姿で外出を余儀なくされていた。

お見合いというのも、昨今はずいぶんと簡略化したものだなと思う。私たちの仲を取り持つと言いだしたかつての上司と現上司のふたりは、セッティングだけして見合いの席には来ないというのだから。

まあ、お相手は初対面ではなく職場で毎日顔を合わせている人物なので、お見合いといっても形式的なものにすぎないのだが。

上司に指定された場所は、都内の三ツ星ホテルのカフェラウンジだった。それだけで、気後(きおく)れしてしまう。ドアマンの前を、肩をすくめて小さくなりながらエントランスをくぐった。上品なボルドーの床を踏む。ロビーを横切りラウンジへと向かう、その途中で一度パウダールームに立ち寄った。

「……亀爺(かめじい)、本当に余計なことを」

ひょろっとして背中を丸めた亀田課長の顔を思い出し、ため息をつく。私の古巣である経理部の課長で、入社以来お世話になった人だから、彼の申し出をむげにはできない。この春、営業部に異動になった私のことをずっと心配してくれていたのだと思う。

……だからって。

鏡の中に映る自分の顔を眺めた。本当は、多少は華やかにした方がいいだろうかと毛先を巻いてみたりもした。しかし、できあがった自分を見た途端に恥ずかしくなって、即行シャワーを頭に浴びせかけた。おかげで朝からドライヤーを二回もする羽目になったのだ。

あまりに気合の入った髪型では、張りきってきましたと言ってるようなものではないか。それで結局いつも通りハーフアップに落ち着いたのだが……。

白のブラウスの襟の上に、ブラウンの毛先が揺れる。ライトグレーのパンツスーツ姿の自分を見て、思わず突っ込んでしまう。

「会社か！」

いや、いいんだこれで。私が地味なのは普段からのことで、相手もそんなことは知っている。今日に限って華やかな装飾をする方がおかしい。さほど大きくもない目には、マスカラも施していない。長いまつ毛だけが唯一自慢できるところだろうか。

ぷくっとした唇はコンプレックスで、少しでも目立たないようにとくすんだ色味の口紅ばかり使っている。

それ以外は可もなく不可もなくのこの顔で、今日は世紀のイケメンと対峙（たいじ）せねばならない。

営業部期待のエース、佐々木郁人（ささきいくと）、その人に。

私みたいな地味代表が、どうして佐々木郁人のお見合い相手に選ばれるのか。いや、もっとさかのぼれば、どうして長年勤めた経理部から営業部の事務アシスタントなどという婚活女子のポジションに異動になったのか。

ただただ、黙々と真面目に業務をやりすぎてうっかり白羽の矢と事故ってしまったからにほかならない。

園田歩実（そのだあゆみ）、三十路手前の二十九歳。名前まで堅実でおもしろみがないとよく言われる。名は体を表すというやつだろうか。

営業部では昨年度、女性社員の寿退社が続いて、書類作成や事務作業の即戦力が必要になった。確実で仕事の早い人間を探していて、たまたま私が目に留まってしまったのだ。言っておくが、私は特別優秀なわけじゃない。ただ、わき目も振らず仕事をしているから早いだけのことなのに、『デキる女』という余計な冠をかぶらされて営業部に異動させられた。

　そこにいたのが上司の覚えめでたい男、見た目も経歴も華やかで私と対極にポジションを置く佐々木郁人だったのだ。

「ああ、いやだ行きたくない……」

　約束の時間、一分前だ。すっぽかすわけにはいかないのだから、覚悟を決めてパウダールームを出た。

　真っすぐカフェラウンジへと歩く。すぐに、相手は見つかった。彼もまた、私とは正反対の意味でお見合いにはそぐわないカジュアルな服装でテーブル席に座っていた。

　向こうも私に気がついて目を合わせたまま立ち上がる。

　明るいベージュのボトムに濃いグレーのニットを合わせ、首もとにはシルバーのネックレス。ラフなのになぜか緩すぎるイメージはない。まるで雑誌から出てきたモデルのように、コーディネートがぴたりと彼にはまっているからだろうか。

　髪は黒く、サイドは短くすっきりとカットされている。長めの前髪は斜めに流し、切れ長の綺麗な目が隠されることなく真っすぐに私を見つめていた。

　怖いくらいに整った目鼻立ちだ。正直隣に並ぶなんて、冗談じゃない。それでも逃げ出すわけにもいかず、私は彼の目の前まで歩み寄った。

「お疲れさまです、佐々木さん」

「お疲れさまです」

互いに社内で交わすような挨拶をして、無言になった。佐々木さんとは一緒に仕事をしているわけだし、今さら改まって自己紹介する必要性も感じない。

要は、亀爺と現上司が私たちの仲を取り持とうと余計な世話を焼いただけなのだ。とてもじゃないが、場が持たない。もともと私は話すのが苦手だし、佐々木さんもクールイケメンで知られている。会話が弾むわけもなかった。

仕事の仕方に関していうと、私たちはよく似ている。お互い無駄な会話を好まず、最低限のコミュニケーションのみで仕事をこなすのが常だった。

「今日は、お互い妙なことに駆り出されてしまいましたけれど。適当にお茶を濁して帰りましょう」

当然、彼もそのつもりだと思ったから気を利かせたのだ。

だが、思いもよらない言葉を聞いたのは、彼と向かい合わせになるソファに腰を下ろしたそのときだった。

「俺は、園田さんさえよければ現実的に考えてみてもいいと思っている。だからここに来た」

そのセリフに、ぽかんと間抜けな表情で私は固まった。

どういう意味なのか一瞬、わからなかった。

この場合の『考えてみてもいい』とは、結婚してもいい、もしくは結婚を前提に付き合ってもいいという意味と思っていいはずだ。

なのに彼は照れた様子を見せるわけでも、女性を口説くように甘い微笑みを見せるわけでもなく、昨日オフィスで『この資料を明後日までに――』と私に命じたときと同じ表情でそんなセリフを言ったのだから、真意を測りかねても仕方ないと思う。

結婚へのカウントダウン

　大学を卒業してから六年間勤めているこの会社は、日本最大手と言われる総合商社のグループ会社で、精密機器の製造・販売を主な事業としている。取引先は、一般企業から病院、学校や公的機関など様々だ。ひとつの取引で大きな額のお金が動く。そんな会社の営業はまさに花形だ。

　そんな花形部署のエースである佐々木郁人と私は、実は同じ年に入社した同期だったりする。部署が違うため、向こうは私が営業部に来るまで私のことを知りもしなかっただろう。

　朝からパソコンにかじりつきデスクワークに勤しんでいると、昨日のお見合いがまるで夢だったような感覚になってくる。パソコンのモニター画面に微かに背後の人影が映り、それが誰かわかったから少しだけドキリとした。いつもなら、こんな緊張はしないのに。

「園田さん。先週頼んだ打ち合わせ用の資料だが」

「今日の昼には上がりますがよろしいですか」

「ああ」

「フォルダに入れておきます」

「頼む」

お互いに抑揚のない声でのやり取りは、緊張からではなく私たちの平常運転だった。そのことに少し安堵する。

私はべつに彼にだけ素っ気なくしているわけではなく、誰に対しても、性別も関係なく同じ対応だ。しかし、はた目には私と佐々木郁人は仲が悪いと思われているらしい。こんな私たちが結婚するなんて知られたら大騒ぎになる。

そのとき、明るくその場を和ませるような、かわいらしい声が佐々木さんにかけられた。

「なにか急ぎの仕事がありましたら、私にもどうぞ。今余裕ありますから」

ふたつ年下の、河内ゆかりだ。ふわふわと女性らしいフォルムの服装が好みらしく、シフォンやレースを使ったスカートやワンピースをよく着ている。くるりと上品なウエーブの髪も、服装と相まって甘くて優しい雰囲気をつくっていた。

言わずもがな、佐々木さんをロックオン真っ最中である。彼が私にばかり頼むのが気に食わないのか、私と話すときは声がワントーン下がる。もちろん、ほかに誰も聞いてないことが前提だけれど。

「園田さんばかりじゃ大変じゃないですか？」

そう指摘されて、彼が私に目を向けた。

「間に合わないなら、手分けしてもらってもいい」

「問題なく終わります」

「だ、そうだ」

空気を読んで『ちょっとしんどいです』とか言えばいいのかもしれないけれど、私から仕事を取り上げないでほしい。仕事をしている方が早く時間が過ぎて楽なんだから。

河内さんは不満そうにしながらも、それ以上なにも言わなかった。

佐々木さんもそのまま自分の仕事に戻るのかと思いきや。

「それと、昨日の話だが」

いきなり、お見合いの話を振られそうになり、ぎょっとする。慌ててキーボードを打つ手を止めた。

「お待ちください。その件でしたらミーティングルームで」

河内さんの目の前でお見合いの話なんか出されたらたまったものではない。急いで作業中のデータを保存し、デスクの上にあった適当なファイルを手に持って仕事のフリをしながらその場を離れた。

ミーティングルーム入口の札を使用中へと切り替える。

「その話は、オフィスでされたら困ります」

今回のお見合いの話は、オフィスでは絶対秘密でと昨日お願いしておいたはずなのに！

冗談抜きで、河内さんみたいな人があちこちにいるのだ、迂闊に口に出さないでほしい。婚活女子ネットワーク——その名の通り社内で婚活を重要視している女性社員たちを指している。脳内で勝手にそう呼んでいるだけだけど——に目をつけられて仕事がしづらくなるのは、困るのだ。

「わかっている。必要事項の確認だけしておきたかっただけだ」

「必要事項ですか」

「指輪のサイズを聞き忘れた」

「ああ……」

秘密の意味をこの人は本当にわかっているのだろうか。そんな話、なおさらオフィスで出されたら困るのに。

ていうか、昨日の今日でもう指輪の話って、いろいろとすっ飛ばしすぎにもほどがある。

「たぶん、七号くらいだったかと」

「たぶんじゃ困る」

「今日、帰りにアクセサリーショップにでも寄って、測ってもらいます。メールで送ったらいいですか?」

「頼む。とくに好みがなければこちらで用意しておくが」

「はい、それで大丈夫です」

結婚指輪。そんな幸せの象徴のようなものに関わる会話だというのに、やはり仕事のときの会話とテンションがまったく変わらない。本当にその確認だけだったようで、彼はさっさとミーティングルームを出ていった。

「……本当に結婚したいのかな、あの人」

まあ、だからこそ見合いの席に来たのだろうし、即決したのだと思うけれど。

カフェラウンジで向かい合った昨日、お互いにこの見合い話に至った経緯を確認し合った。私が亀爺に行き遅れを心配されたように、彼もまた営業部の上司、沢渡(さわたり)部長に勧められたのだという。沢渡部長と亀爺は同期で昔から仲がいい。

結果、私は一応彼の婚約者ということになったのだが、これまでと変わらず私たちの間には淡々とした空気だけが流れている。べつに、苦痛ではない。『提案』された求婚を受けるなら、その方がむしろやりやすい。

だけど、本当にそんなことが可能だろうか？

お見合いの席で彼に出された提案と、ふたりで考えた取り決めを思い出す。彼が結婚に対して求めているものは、ただ『結婚した』という事実だけのようだった。はっきりそうと言われたわけではないが、彼があげ連ねた言葉がそれを物語っている。

＊＊＊

「君がこの話を受けてくれるなら、婚姻届は早めに出したいと思っている。君は俺のマンションに越してきてくれればいい。部屋がひとつあまっているからそこを使ってくれ。引っ越し費用や、その後の生活にかかる経費はすべてこちらで持つ。ただ、すまないが結婚式はできない。あと、必要なのは君のご両親への挨拶だが、もちろん早めに伺わせてもらおうと思っている」

つらつらつらと一方的に並べられた、結婚の注意事項とでも言おうか、必要事項の確認か。業務報告となんら変わらないその口調に、今自分が仕事の依頼を受けているような気になって、思わず契約内容の確認をしてしまった。

「あの、それらは口約束ではなく書面でいただけるので……」

って、違う！

口に出してから心の中で自分に突っ込んだ。

違う違う、これは商談をしているのではなく、お見合いをしているのだ。

「そうだな。必要なら書面も用意する」

まじか。同じノリで返してきた佐々木さんに若干引いた。やはり商談にしか聞こえない。結婚することでなにか対価を得られることでもあるのだろうか。

「あの……つまり、契約結婚というか。便宜上の結婚をするということですか？」

そう尋ねると、彼は訝(いぶか)しむように眉根を寄せた。

だが、彼の言いようを聞いているとそうとしか思えない。

「結婚そのものが契約みたいなものだろう？」

ここで私の眉間にもきゅっとしわが寄る。

不審そうな顔を突き合わせ、私の頭の中にはクエスチョンマークが飛び交っていた。

おそらく彼の頭の中も同じだろう。

どうも、うまく会話が噛み合っていない気がする。

「では、たとえば、今なにかの理由があって結婚しなければいけないとして、それが解消されたら離婚する。そういう意味でしょうか」

「離婚する必要があれば、それも検討することもあるだろうが、それはどんな夫婦でも同じだろう」

……つまり、なにか裏があるから結婚したいということではなく？

期間限定などでもなく、上司に紹介されたお見合い相手、つまり私と本当に結婚を検討していると解釈していいのだろうか。先ほどからどこか噛み合わない会話の理由がわかった気がする。『結婚』に対する認識というか概念が、彼と私とでは違うようだ。

だがしかし、それならそれで、やはり腑に落ちないのはなぜ『見合い』なのだということだ。

「あの、失礼ですが、そういうことでしたら、佐々木さんはお相手には困らないでしょう？　わざわざ私みたいなのと結婚を決めなくても……」

「結婚相手は仕事の邪魔にならない相手がいい」

「はあ……邪魔……とは？」

「自立していてほしいんだ。だから君の名前があげられたときに、納得した。少なくとも、記念日だ誕生日だなんだと面倒なことは言わなさそうだし、配偶者に依存もしないだろう」

今、しれっとした顔で結構な暴言を吐きましたよ、この人。

私だって、万一彼氏なんてものがいたら誕生日くらいはちゃんと祝いたいかもしれないし、甘えたいと思うかもしれないじゃないか！

唖然（あぜん）として目の前の男を凝視する。べつに文句を言うつもりもない。考え方は人それぞれだ。恋愛感情が欠片（かけら）もないということに関しては、現状あたり前だし期待もしてない。お見合いで結婚を決める場合はそういうものだろう。

けれど、それ以上に、なにか女性と一線を引いているような雰囲気を感じた。もしかすると、過去に嫌な思いでもしたのかもしれない。

考え込んでいると、不意打ちで彼の目が真っすぐに私を射止めた。

とくん……と心臓が止まったような気がした。

「俺は、ほかの誰でもなく君だから考えてみたいと思っている」

男の人に見つめられてそんなことを言われたのは、もちろん初めての経験だった。

しかし、頬が赤くなりかけたとき、それを打ち砕くような冷静沈着な声音が響く。

「君の結婚の条件を聞きたい」

「は？」

「すり合わせは必要だろう？　忌憚なく、君の条件を言ってくれ」

一瞬、ずっとこけそうになった。

……ですよね。だけどそれなら、〝君だから〟なんて思わせぶりなセリフ言わないでほしい。

あくまで条件優先であり、そこに甘やかな感情は見つけられそうにない。真に受けかけた自分を、こほんと咳払いでごまかし、気を取りなおす。

しかし条件と言われても、まさか本気で検討するつもりでは来ていなかったから、すぐには浮かばない。

……私、絶対結婚に向いてないと思うんだけどなあ。

まず他人と関わることが苦手だし、ひとりでいることが好きだ。他人と一緒に暮らすなんて、私にできるか自信がない。

ただ、まったく憧れがないわけではない。いつか愛する人と結婚して……とそんな未来を夢見たりはする。けれど、恋愛小説に憧れるような感覚でしかないのだ。

というのも、私には少々問題がある。そのせいでどこか遠い出来事のように感じてしまうのだと思う。

……あ、それを正直に言えばいいんだ。そしたら佐々木さんも考えなおすに決まってる。

ふと、そう思い立つ。今まで誰にも言ったことはなかったけれど、結婚するなら避けては通れないことだ。

「では、遠慮なく……」

「ああ」

「寝室は別で。夫婦として触れ合うことはできませんが、それでもいいですか？」

夫婦ならありえない提案を口にした私を、彼は少し目を見開いて見つめ、数秒停止する。

やっぱり引かれたかーと内心がっかりしたような、ほっとしたような複雑な気持ちになった。

学生の頃、電車で痴漢にあったことが、私が恋愛から遠ざかることになった一番の原因だと思う。もとから人との接触に不慣れな私には、恐怖以外の何者でもなかった。声をあげることもできず、震えてそこに立っているので精いっぱいで。気づいた周囲の人が助けてくれたけれど、その後しばらくは怖くて電車に乗れなかった。

もう何年も前のことだし、今はそこまで怖いとは思わない。もちろん電車にも乗れる。人の多い時間は避けるけれど、震え上がるほどでもないし、すべての男の人が『そう』だとは思っていない。

だけどそれ以来、私は男の人に対して好意や恋愛感情といったものがさっぱり湧かなくなってしまった。人見知りという性格も一因ではあるのかもしれないが。

私の言葉に、彼がどう返事をするかじっと待った。数秒の沈黙が表すものが、動揺なのか不満なのか私にはわからないが、普通の感覚ならこんな条件はありえないだろう。

ここで間違いなく彼は引き下がると思っていた。けれど次の瞬間には、彼は躊躇なくうなずく。

「わかった。問題ない。お互いの私生活に干渉しないということを大前提にしよう」

「えっ？」

いや問題しかないでしょう？

私の方がうろたえてしまった。

「不安だろうからきちんと書面で結婚契約書を作る。それも書き加えよう。ほかには？」

私の返事を確認してから、彼が結婚契約の内容を確認のためもう一度読み上げていく。私は唖然としてそれを聞いていた。

互いに干渉せずに済み、寝室も別。子供をつくるうんぬんは考えない。家事も全部、それぞれでやるがそこは臨機応変。生活のリズムも自由、相手に合わせる必要はない、などなど。

私にとっても都合がよすぎるものばかり。その上で、親に心配をかけないために挨拶に行くなどの義務は果たしてくれるという。

「ほかにはないか？」

「いえ、むしろ、佐々木さんの方は大丈夫なんですか」

その方が心配なんですが！

聞いていればことごとく都合のいい条件が揃（そろ）っていて、私向けの結婚だ。まさにいいとこ取りである。親には結婚を心配もされているし、挨拶に行けば諸手をあげて喜ぶだろう。実家と連絡を取るたびに『結婚はまだか、恋人は？』と言われることがなくなるのもありがたい。

けど、本当に佐々木さんはいいのか。

「これってつまり、結婚自体は本物ですけど完全な仮面夫婦ってことになります。仕事の邪魔にならない相手といったって……ほかにいくらでも……」

　夫婦関係を拒否するような私を選ばなくても、佐々木さんならいくらでもいい相手がいるはずだ。逆に、こんな条件を出すような私には、この先いい相手どころかお見合い話すらやってこないだろう。

　どうしてこんな結婚を、しかもノリノリで進めていこうとするんだろう。

　私の疑問に佐々木さんが顔を上げる。そして、衝撃の言葉が耳に飛び込んだ。

「俺も女性は得意じゃない。だから好都合だ」

「えっ、嘘ですよね」

　即行で切り返したら眉をひそめられてしまった。でも、にわかには信じられないことなのだから仕方がない。

　そんな恵まれた容姿を持っているのに？　冗談でしょう？

　だが、彼はいたって真面目な表情を崩さなかった。

「嘘じゃない。しかし仕事の関係上、家庭人という肩書が必要なときがあるからいい機会だと思った。それが理由では、足りないだろうか」

「い、いえ……」

「口約束では君も不安だろうから、繊細な部分に関してはきちんと書面で契約を交わそう。それでかまわないか?」

かまわないかと尋ねたときの佐々木さんの声が、とても優しく、気遣わしげで。その声を聞いた途端、なんだかすっと、肩の力が抜けた気がした。

足りないとは思う。愛とかそんなものは最初からないのはわかっているが、考える時間が足りない。

しかし、彼みたいな人がここまで言うからには、女性が苦手だという部分によほどのなにかがあるのかもしれない。

だからちょっと、同志のようなものも感じたのかも。気づくと、私はこくんとうなずいていた。

「なら、早いうちに手続きをしたい。まずはご両親に挨拶をして許しをもらえたら、婚姻届の提出という流れで話を進めよう」

うなずいた途端に、てきぱきと段取りをつけようとする彼にはちょっと引いたが。

佐々木さんがいいというなら、異存はない。冷静に考えて、佐々木さんは私にとってもったいないくらいのお相手だ。一瞬『結婚詐欺か?』なんて考えた。上司の仲介なのだから、いくらなんでもそんなわけはないけれど。

「さっきも言ったが、新居は俺のマンションでかまわないか？　今君が住んでるあたりより会社にも近いし便利だと思うが」

　思わぬことを言われて、驚いて目を見開いた。

「私が住んでるところ、ご存じなんですか？」

「詳しくは知らないが、通勤の電車で時々見かけるから」

「えっ、全然気づきませんでした」

　そこまで無表情だった彼が、ふっとなにかを思い出したように口もとを緩ませた。

「そうだろうな。君はいつも本を読んでいるから」

　営業スマイル以外で、初めて佐々木さんの笑顔を見たような気がする。思いのほか優しく感じられ、血が通った表情に見えて、思わずじっと見入っていた。

＊＊＊

　佐々木郁人という人物像が、幾重にも重なって見える。オフィスで見る、氷みたいに冷たい人というだけではなさそうで。

　見え隠れする素顔に人間の体温を感じて、私はきっとそこに興味を引かれた。心をとらえられてしまったのかもしれない。

かくして、カフェラウンジでコーヒーを飲みながら一時間に満たないほどの『商談』の結果。私と佐々木さんとの結婚へのカウントダウンが始まった。

とにかく、入籍するまでは絶対に周囲に知られたくない。その点に関しては私と彼の見解は一致している。なので上司にはそれぞれ、営業部部長には佐々木さんが、亀爺には私が見合いの結果を報告した。ふたりで行けば間違いなく目立つからだ。

すぐにでも籍を入れたいと考えているということはいったん伏せ置き、結婚を視野に入れて付き合うことになったと説明すると、亀爺は穏やかに笑った。

報告しながら、自分で首をかしげる。

……付き合う？　のかな？

早くに籍を入れたいといっても、それまでにいくらかの期間はある。その間に私たちは結婚を前提とした付き合いらしきことをするのだろうか。男女としての触れ合いはなしということで合意は得ていても、夫婦として暮らすならお互いのことをもっと知る努力は必要だろう。

定時ぴったり、今日中の業務は問題なく終わらせていたため、急いでオフィスを出る。ほかの女性社員は、飲みにいくだのデートだの仕事上がりの会話を楽しんでいるけれど、私はそんな空気があまり得意ではなく、いつも足早に会社を後にする。

電車に乗る前に、駅の商業施設の中にあるセレクトショップに立ち寄った。

アクセサリーが並ぶショーケースの一角で、手ごろな指輪を選ぶフリをして店員に声をかけサイズを測ってもらった。

バッグからスマホを手に取り、【七号でした】と文字を打つ。送信しようとしたとき、うれしそうにはしゃぐ女性の声が聞こえた。

「いいの？　本当に？」

「いいよ。誕生日なんだから」

声の方を見れば、カップルがふたりでショーケースの中を覗き込んでいる。その光景を見ていて、改めて迷いが生じた。

本来なら、あれが普通なんだよなあ。

お見合いだから、付き合いもないまま結婚に向かって急展開するのは仕方がない。とはいえ、今の状況がちょっとありえない展開になっていることは自覚していた。

佐々木さんに押しきられた感があることは、否めない。もともと私は、誰かの意見に反論したりすることが苦手だ。

けれど、結婚を承諾した理由はそれだけでもないと思う。

私自身が、佐々木さんの人柄に興味を持ってしまった。ちょっと変わってるけれど、その変なところが私にとっては好感度を上げるポイントになっているのだ。

かといって、本当にこのまま進んでいいのかな。

スマホの画面に視線を戻し、ため息をつく。

……指輪買っちゃうと引き返しづらくなるなあ。

そう咄嗟に思ったけれど、結局私はトンッと叩いて送信した。

実際に結婚するまでにまだ時間はあるし、それまで彼と話したり会ったりしているうちに、結論が出るだろうと思った。

最悪、ダメだと思ったのが指輪を買った後だったら、お詫びをして弁償しよう。向こうだって、急に事を進めようとするからにはそれくらいのリスクは考えているだろう。

私の住むマンションは、会社のある駅から電車で五十分ほど離れた比較的閑静な駅にある。会社からはちょっと遠いけれど、最寄り駅からは徒歩五分で済む。駅前に寂れた商店街があるだけの、静かな住宅街だ。

入社時からそこに住んでいるので、通勤の道も電車の中の過ごし方もハンコを押したみたいに毎日同じで、慣れたもの。だけど今日は、電車に乗っている間、手にした小説からつい視線を上げて何度か周囲を見回した。

思う相手は当然いない。佐々木さんが定時に仕事を終えることは滅多にない。おそらく今日も、まだ仕事中なのだろう。

彼のマンションの場所を聞いたが、たしかに同じ沿線だ。出勤時の電車は、混雑するのが嫌でかなり早い時間のものを選んでいる。だから、本を読んでいるところを見られたなら、帰りの電車のはずだが。退社時間が重なることはあまりなかったように思う。

……いつも、何時頃まで仕事をしてるんだろう？

少し、気になった。いくらお互いに自立した結婚とはいえ、一緒に住む相手が不健康なほどに仕事に忙殺されているとしたら、果たして黙って見ていられるだろうか。

彼みたいな多忙な人が結婚するなら、ちゃんと家事をこなしてくれそうな、世話好きな相手の方がいいと思う。しかし、それはまったく求められていない。

それに、ずいぶん結婚を急いでいるように思うけれど……この先ほかに本当に好きな女性ができたらどうするのだろう。

……あ。それが、離婚する必要ができたときは話し合うことも考慮するということだ、きっと。

ちょっとだけ気が済んで、小説に集中しようとぱらりとページをめくる。最近はやりの乙女小説で、ヒロインが金持ちのヒーローと契約上の結婚をするというものだった。

……この物語の主人公の相手役は、本当の結婚と契約上の結婚は別物みたいに考えていた。しかし、佐々木さんにとってみれば、本当も契約も関係なくどちらも同じ〝結婚〟という認識のようだ。結婚そのものが契約でできている、みたいな?

気がつけば、佐々木さんのことと結びついてしまっていた。

タタン、タタン、とリズムよく揺れる電車の中で、今日はそんなことばかり考えていて、あまり小説のページは進まない。

『そうだろうな。君はいつも本を読んでいるから』

ふとしたときに、あのとき初めて見た微笑が頭に浮かぶ。その笑顔がどうしてもチラついて、少しも小説に集中できなかった。

私が佐々木さんに送ったメッセージに既読がついたのは夜遅くで、【わかった】とひとことだけの返事があったのは、零時を回った頃だった。

これが、婚約して最初の私たちのメッセージのやり取りである。

親密度ゼロもいいところだと思うと、先行きが不安になった。だけど、結婚するにはいろいろと準備もあるし、話をしなければいけないこともある。それらを進めるうちに、きっとお互い人となりも見えてくる。結婚式をしないなら、最悪直前に破談になってもそれほど騒ぎにはならない。

それまでに結論を出せばいいだけだ。


それから、約二か月が経過した。

私は、どうやら佐々木郁人という人間を甘く見ていたらしい。彼は、まれに見るワーカホリックで、一度仕事となるとそれ以外のことは本当にどうでもいいようで。

もしも私に親しい友人がいたら、きっとそんなバカみたいな結婚はやめておけと忠告がきただろう。だが、女友達の群れに慣れることができず、ひとりを満喫してきた私には、残念ながらそんなアドバイスをくれる親切な友人はいなかった。

他人との接触に不慣れな私と、仕事だけが恋人の彼。なんとこの二か月ただの一度も食事やデートに誘われることもなかった。あまりにも音沙汰がないので自然消滅かと思い始めていたところに、ピロリンとスマホがメッセージを受信した。

「……は？」

結婚へのカウントダウンが、十からゼロへと飛び級した瞬間だった。

ゼロからのスタートとは言うけれど

今日初めて、佐々木さんのマンションを訪れた。彼に指輪のサイズを告げてから数えると、約一か月半が過ぎている。梅雨を通り過ぎ早くも真夏の暑さへと移り、今年も連日酷暑の予報がテレビから流れてきていた。

といっても、高層階の窓越しに見える景色からはそんな気候はうかがえないけれど。今日は空気が濁っているのか、少し薄い空の色だ。建物のほとんどが、今の私の目線より低い位置にある。

「……すっ、ご」

佐々木さんの住居はタワーマンションというやつで、入口も、まるで高級ホテルのエントランスのようだった。部屋も高層階にあり、下を見下ろすとおなかがもやっと痛くなる。

……ちょっとうれしい。一回、中に入ってみたかったんだよね、タワマン。

現実には、入るどころか今日からここに住むのだけれど。それにしても、我が社期待のエリート社員だからといって、こんなにすごいマンションに住んでいるとは思わなかった。きっと、私のお給料とは段違いなのだろう。

とてもマンションの一室とは思えない、広々とした住まいだ。玄関とリビングをつなぐ廊下の左側に扉が三つ、一番手前が寝室で真ん中にゲストルーム、リビングに近いところに書斎。ゲストルームを私の部屋にしてくれているそうで、先日、宅配便で送った荷物はすでに運び込まれている。

今いるリビングには、どどんと大きなソファが置かれていて、それでもなおゆったりとした空間がある。生まれ育ちが庶民の私は、『これ、掃除大変だ』と、真っ先に思ってしまった。

「座ったらどうだ」

「あ、はいっ」

コーヒーをふたり分キッチンから運んできてくれた佐々木さんは、ローテーブルにそのカップを置き一番大きなソファに腰掛ける。

私はちょっと考えて、佐々木さんの斜め向かいの位置にある一人掛けのソファを選んだ。すると、すぐに彼から書類が差し出される。

「先に確認を済ませておこう」

書類には、お見合いの日に口約束で確認した事項が箇条書きに並べられていた。それと、婚姻届だ。やっときたかと、苦笑いをしてしまった。

「なにか不備があるか？」

「あ、いえ。問題ないです」

いや、実際は問題しかないのだけれど。私はそれ以上なにも言わず、いっさいためらわずに婚姻届に必要事項を書いてぽんっとハンコを押した。この二か月で私は見合いの日よりも迷いなく結婚の意思を固めていた。

朱のついたハンコをティッシュで拭う。ゴミ箱はどこかと探したら、彼が手を差し出してくれた。

「ありがとうございます」

「……案外簡単だな」

「え？」

「さすがにあきれられるかと思っていた」

普通なら断られる案件だという自覚はあるらしい。まったくその通りだ。私みたいな特殊な人間が相手でなければ成立しなかった。だけどそれはお互いさまだ。

「最初っからこういうお話でしたし」

ハンコをケースにしまいながら、私はほんのちょっとだけ肩をすくめた。

普通、たとえお見合いだとしても、結婚することになれば多少なりとも相手を知ろうとか、距離を縮めるために会話する時間を持とうとか、そういうことを考えないものだろうか。とにかく彼は、指輪のサイズを伝えてから二か月間、まったく連絡してこなかった。

式を挙げるわけじゃないから話し合う事柄がなかったからかもしれないが、さすがに音沙汰がなさすぎた。結婚を即決したスピーディさから考えると、もっと早く書類を作って持ってくるだろうと予測していたのだ。

なのに、音沙汰なし。オフィスではいつも何事もなかったような顔で通り過ぎて、お見合いそのものが夢だったかなんて考えたくらいだ。メッセージのやり取りの痕跡を見て、やっぱり現実だよねと、何度確認したかわからない。なにせ、リードは彼の方が取ってくれるだろうと受け身でいたものだから、こっちから連絡するという頭がなかった。

まったくこない連絡に、おかしいかもと首をかしげたのが二週間たった頃だ。どうするつもりなのか聞いてみたかったけれど、覚悟を決めるまでに時間が欲しいと思う自分もいて、向こうの出方を待つことにした。

そのうちイライラし始め、無意味にメッセージアプリを開いたり、なにか心待ちにしているような変な気持ちにもさせられた。

それが先週、急にメッセージが入った。【ようやく時間ができそうだから、君の実家に挨拶に伺いたい】と。

控えめに言って、一分くらいはメッセージを凝視していたと思う、驚きすぎて。いい加減もう破談だろうと、残念なようなほっとしたような心地でいたときだったから。

これほど、他人の行動を気にして精神的に振り回される日常を過ごしたのは初めてだった。

そういうことが苦手で人付き合いがうまくいかず、結果今までひとりでいたのに、妙なことになったものだと思う。

交際期間結局ゼロ日、デート回数もゼロ、恋愛感情もゼロ。こんなトリプルゼロで結婚生活をスタートさせる夫婦があるだろうか。昔の、親同士が決めた結婚みたいだ。今時ありえない。

……うん、本当にありえない、と心の中で笑ってしまう。

単調で平坦で、この先何年も変わることがないだろうと思っていた自分の毎日に変化が訪れたことに、ちょっと気持ちがそそのかされたのだろうか。いつか別れることになっても、これまでの判で押したような毎日よりもいいじゃないかと思ってしまったのだ。

婚姻届に佐々木さんも記入し終え、証人の欄には私たちのお見合いを段取りした上司ふたりに署名をお願いすることはすでに決まっている。

あとは、休日の間に自分の荷物の梱包をほどいてしまえば新生活の始まりだ。佐々木さんは、書斎にこもるか出かけるか、きっと今日も忙しいのだろうと勝手に思っていた。

「もし、疲れてなければ、夕方に出かけようと思うんだが、どうする？」

「あ、はい。私は荷ほどきしてるので、気にしないでください」

そう返事をすると、佐々木さんが眉を寄せて様子をうかがうようにこちらを見る。

「必要なものだけほどいておくのはどうだ？　今日のうちに周辺を案内しておきたい。買い物をするにも困るだろう」

「え。あ、私も一緒に、ってことですか」

「……でないと案内の意味がない。……いらないなら仕事をして」

「あ、い！　行きます！　お願いします！」

勢いよく、口に出た。いつもの私なら、自由にひとりで散策する方が好きなのに、どうしてかわからないけど〝このチャンスを逃すな〟的な勢いで返事をしてしまった。

だって、仕事でもいっさいの無駄を許さない佐々木郁人が、妻とはいえ実質ただの同居人の私にそんな気遣いをしてくれるとは思いもよらなかったのだ。これをスルーしては申し訳ない。

夕方、五時。日傘を差していこうかと思ったが、佐々木さんと一緒に歩くのにひとりだけ日傘はないかとやめておいた。

日中よりは少しやわらいだだろうか、それでもまだまだ明るいし、暑い。

「駅からの道を一本入れば、スーパーがある。そこに銀行のＡＴＭも揃ってるから」

「はい」

駅の大通りから遠すぎず近すぎず、ほどよく便利な立地。歩いていて、大きな公園を見つけた。生活しやすそうな地域だった。これで図書館でもあれば完璧だ。携帯の地図アプリで調べようと思ったが、せっかく案内してくれているのだから尋ねてみることにした。

「図書館とかありますか？」

「ああ。けど、ちょっと距離があるな。バスに乗るか自転車か……バス停はそこだ」

「ありがとうございます」

ちょうどバス停に差しかかったところで、案内表示を一緒に見る。降りるバス停を確認して、また歩き始めた。

「……昔から、本が好きだったとご両親が言ってたな」

それまで、カーナビのごとく淡々とした道案内と、こちらの質問に答えるぐらいだった彼が、ふと思い出したかのようにつぶやいた。

「はい、本ばかり読んで友達がいなかったので、親はずいぶん気をもんだみたいで……あ、先日はご挨拶に来てくれたのに、両親がすみませんでした」

先週の休み、私の実家に行ったときのことだ。

うちは、昔から小さな洋食屋をやっていて、土日はもちろん営業中だ。だけど、上司の紹介で知り合った相手を連れていくからと言うと、日中の数時間だけ店を閉めてくれた。

店の二階が住居になっているが、両親が私たちを通したのは店内の方だった。挨拶をして小一時間ほどたったとき、クローズにしてあるにもかかわらずご近所の常連さんが来てしまったのだ。

「すみません、昔っから店のことが第一なので……失礼なことをしてしまって」

「いや、俺の方も突然だった。それに仕事を優先するのはあたり前だ」

そうか、と納得した。佐々木さんもありえないくらいの仕事人間だし。もしかしたらうちの両親と気が合うのかもしれない。

「けど、子供の頃からあの調子なので、土日はもちろん、夏休みもどこかに出かけた思い出とかないんですよね。あ、私は昔からインドアで本があればそれでよかったんですけど。好きなだけ図書館にいられたし」

「図書館か……試験のときぐらいしか使ったことないな」

「学校の図書室の本はあっという間に制覇してしまって。あとは図書館に入り浸りです。佐々木さん、読書は？」

「必要な資料くらいしか読まないな」

「それは読書とは言わない……かもですね」

話しながら、内心で首をかしげる。普段それほど自分のことを話さないのに、つらつらと言葉が出てくる。

話が弾むという雰囲気でもない。ただ、佐々木さんの静かな口調と落ち着いた低音が、私には話しやすい空気をつくるのかもしれない。

「あ、あの、とにかく両親は佐々木さんのことを真面目そうでいい人だと、あれでも喜んでましたから。挨拶してくださってありがとうございました」

「いや、最初からその約束だった」

「佐々木さんのご両親には、いつ挨拶に伺いますか」

自分の親に報告を済ませただけでばたばたと引っ越してきてしまったが、彼のご家族には会っていない。触れてほしくないような空気はそこはかとなく感じていたが、聞かないわけにはいくまいと思った。

「俺はいい。挨拶しなければいけない家族はいない」

「え……」

さっきまでは、物静かな中にもやわらかな雰囲気だった口調が、一瞬で硬くなった。

『家族はいない』

どういうことだろう。もうご両親は亡くなられている……とか?

詳しく聞こうにも聞きづらい。なにせ、私たちの結婚には互いのことには干渉しないという大前提がある。

ちらりと横目で隣を見れば、私たちの間にある見えない壁が、さらに厚くなった気がした……一センチくらい。

なにか、あるんだろうな。それってこんな形で結婚したことと関係あるのかな。

気にはなる。けれどたとえ契約書がなくても、彼が触れられまいとしている事柄ならば、あえて触れようとは思わなかった。

「わかりました。じゃあなにか『妻』の役割が必要なときは言ってください」

誰にでも触れられたくないことはある。夫婦なら普通ありえないと思われることも、私たちは普通にあてはまらないのだから比べることでもない。

さらりと流してしまおうと思いそう答えたら、隣から返事がなかった。見ると、こちらを凝視されていて、思わずたじろぐ。

「え……なにか」

なんでしょう、これは、もっと本当は突っ込んで聞いてほしかったとか、そういう？　佐々木郁人、まさかのかまってちゃん？

こっちは、あまりコミュニケーション慣れしていないから、変に遠回しにされるよりストレートに言ってくれる方が助かるのだけれど。言葉の通りにしか受け取れないから。

「あの、気分を害されたならすみません」

「ああ、いや。なんでもない」

なにやら複雑な表情で、彼はすいっと前を向いてしまった。

男の人って、よくわからない。

首をかしげて、しばらく無言で歩く。周辺を見渡し、郵便ポストだとか本屋だとか、気になったものに目を留めながら静かに歩いていると、突然名前を呼ばれた。

「歩実」

「え」

「出たついでだ。夕食は外で食べよう」

佐々木さんが指さした方には、飲食店が何軒か並んでいる。が、私はそれらの店が和食なのか洋食なのか、ファミレスなのかよく見る余裕はなかった。

今、〝歩実〟って。

下の名前を、男の人に呼ばれた。

慣れない私の思考回路を固まらせるには、十分すぎる威力だ。ところが彼は少しも意識していないようで、私の反応もとくに気にせず店の方角へ歩いていく。

もしや、今のは聞き間違い？

「なにか食べたいものがあったら言ってくれ」

もう一度、呼んでくれないだろうか。それで『君』とか『園田』とか今まで通りだったら、聞き間違いってことで処理できるのだけれど。

「歩実？」

再びはっきりと名前で呼ばれ、聞き間違いではないと理解した途端、ぼっと火がついたように顔が熱くなった。

きっと、一気に赤くもなったのだろう。彼の目も見開かれて、気まずい沈黙が私たちを襲う。それが余計に私の羞恥心を煽って、どっと汗が噴き出した。

「す、すみません。慣れないもので……」

私の歩く速度が遅くなってたのか、開きかけていた距離を小走りで縮めると恥ずかしいのをこらえて隣に並ぶ。できるだけ表情は引き締めたが赤い顔はもう隠しようもないだろう。

「同じ姓になるんだから、名前で呼ぶ方がいいだろう」

「ですね、わかってます」

深い意味はないんだって、もちろんわかってますよ！

にしたって、前置きなく名前呼びされたら驚いても仕方ないと思う……と、そこまで考えてふと気づく。

……と、いうことは私も彼を名前で呼ばなければならない、ということだろうか。

「俺のことも郁人でいい」

案の定、さらりと高難度な要求をされた。

「……じゃあ、郁人さん、で」

暑さならぬ〝熱さ〟を感じながらどうにか小声でそう絞り出したのだが、それでは納得がいかないらしい。

「同い年なんだから呼び捨てでいい。敬語もナシだ。仕事中ならまだしも、聞いてるこっちも暑苦しいからやめてくれ」

もうちょい優しい物言いはできないものか。さすがにちょっとカチンときて隣を睨むと、彼はもう私の方など見てはおらず、先にある暖簾の下がった店を指さした。

「とくに希望がなければあの定食屋がうまい」

むすっとした私を気にするでもなく、彼は定食屋を指さし『どうする?』と尋ねるようにじっと私の反応を待っている。

……まあ、たしかにずっと敬語だと、お互い疲れるかもしれない。

「……お蕎麦が食べたい。引っ越し蕎麦」

敬語ナシ。名前呼び、敬称もナシ。しばらくはぎこちないかもしれないが、そこは私のようなコミュ障を妻にしたのだからわかってほしい。

「……蕎麦か。じゃあ別の店」

「え、そこでいいで……いいよ」

「うまい店がある」

さっさと方向転換した彼に続く。

彼は決して優しくないし、私たちは手をつなぐような関係でもないけれど……これはもしや人生初デートではないだろうか。男の人とふたりで出かける、という大雑把なくくりで言うのなら。

トリプルゼロで始まった新婚生活初日、夫婦で蕎麦屋に行った。彼と一緒に、天ざる蕎麦を食べた。

これが、彼との初デートになった。

思いがけず、快適

「ほんっとに、どうして、なんでですかあ」

　婚姻届を提出し社内でも公表して二週間、私は少々面倒くさい女子に絡まれていた。オフィスで向かいのデスクから、パソコンの陰に隠れて恨みがましいセリフと共にじっとりとした視線が飛んでくる。

「春に営業部に来たばっかりじゃないですか。なのになんで佐々木さんと結婚できるの」

　……だから、上司の仲介があったと。それも公表されたでしょうが。

　反論したらしたで、どうやって紹介を頼んだとか、なんだかんだ質問が増えるだけだとわかりきっているのでスルーを決め込んでいる。

「河内さん」

「なんですかぁ」

「今日までに仕上げないといけない書類があるって、言ってませんでした？」

「もう終わってまーす」

「見直ししてくださいね、いつもミス多いんで」

ああ。こういうこと言うから嫌われるんだろうなあ。わかっちゃいるんだけど、言わずにおれるか。だって本当にミスが多いんだもの。ここは遊び場でもなければ婚活パーティの会場でもない。仕事をちゃんとしてほしい。

ぶすっ、と彼女はふて腐れて、パソコンの向こうに顔を引っ込めた。

「相手が園田さんじゃ、ほかの女性社員が納得しません。気をつけた方がいいですよ」

ワントーン下がった声でそう言われた。

そんなことは承知の上だ。だからせめて婚姻届を出して公表するまでは平穏でいたいと思い、秘密にしていたのだ。

しかし気をつけた方がいいとは、いったいどういう意味だろう。『私の方が佐々木さんにふさわしい』と言って、愛人志願者が増えるということだろうか。

……それこそ、無意味なことだと思うけど。あの人、本当に恋愛とか興味なさそうだし。

もともと、郁人は女性社員の注目の的だったにもかかわらず、浮いた話を聞かない人だった。もしかして周りにもバレないように誰かと付き合ったりしていたのかなと思ったけれど、そんな器用な人でもない気がする。これは、一緒に住んでみて私が思ったことだ。

それに、たとえ書類上のみの関係であろうと結婚した以上は、彼が社会的地位を失墜させるようなことをするとも思えない。つまり、今さら、外でいい加減な関係を結ぶわけがない。

だって重症のワーカホリックだもの。

キーボードを叩きながら、ちらりと壁のホワイトボードに視線を向ける。

【佐々木郁人、午後よりT社訪問、夕方よりC社】

帰社予定は書かれていない。もうすぐ定時だけれど、彼はたぶん今日も遅いのだろう。午前はほかの営業担当のフォローで忙しそうにしていたし、あの調子でいくと、あの人早死にするんじゃないだろうか。

たんっと強めにエンターキーを押して、今日の作業は終えることにした。残り時間数分を書類整理などに費やし、定時になると同時に帰り支度を整えオフィスを出た。

スーパーで食材を買って真っすぐマンションに帰ると、当然部屋は真っ暗だ。食事をひとり分作って、食べて後片づけ。家事は各自で、ということになっているけれど、お風呂は私が掃除する流れになっている。私が先に帰っているのだし、それでべつにい。

お風呂を済ませた後はリビングのソファに座り、テレビをつけっぱなしにしてコーヒーを飲みながら本を読む。通勤時間が短くなったぶん早く帰宅できるので、落ち着いて読書する時間が増えた。

読書に集中していると、かちゃりとリビングの扉が開く。

「おかえりなさい」

「ああ、ただいま」

時計を見れば、二十一時を過ぎたところだった。

「おかず、ちょっと残って冷蔵庫に入ってるよ」

「いや、食ったからいい」

食事も各自。たまに私の作った料理の残りを、郁人が自分で温めて食べてたりする。どうせ作るならひとり分もふたり分も同じだし作ってもいいかと思っていたが、食べるか食べないかわからないから、結局相手のことは気にしないことにした。

わずかな会話を交わしてすぐに本に視線を戻す。しばらくしたら、コーヒーの香りが少し強くなった。彼がサーバーに残っていたコーヒーをカップに入れて、それを手に私の隣に座っていた。

彼がテレビを見て、適当にチャンネルを変える。私はぱらりとページをめくる。ただ一緒にいるだけで、おのおの自分のことをしている、この静かな空間は絶妙に居心地がよかった。最初は、プライベートな時間は自分の部屋に入ってしまっていたけれど、最近はリビングで過ごすようになった。ひとりきりでいるよりも、同じ空間に彼の存在を少しだけ感じながら読書をすると、意外と落ち着く。そんな距離感がちょうどいい。

不思議で、初めての感覚だった。

彼は、私に一緒にいることも離れることも強要しない。平日に彼が家事をすることは不可能だが、土日はリビングを掃除してくれたりする。なにか食べた後はちゃんと後片づけもしてくれるし、家事において私が必要以上に手をわずらわせることはいっさいなかった。

家にいるのが自分以外にひとり増えただけで、生活自体は今までとなにも変わらないのだ。

それと、案外テレビでバラエティ番組を見て笑ってたりして、そんなところにちょっと親しみを感じてしまう。

「……ふっ」

ちょうど、芸人がテレビでボケたところだった。ソファのひじ掛けに体を預けて頬杖を突き、小さく噴き出したのが聞こえた。

「この芸人さん、好きなの？」

「ん？」

「こないだも笑ってた」

本から視線をテレビに向けてそう尋ねた。意外だ。正直、しゃべりもそんなに上手じゃない芸人さんで、私はおもしろいと思ったことはないのだけれど。

「真面目にバカなことやってるとこが好き。なにも考えずに見てるだけで笑える」

わずかな会話を重ねてちょっとずつ彼のことを知る。仕事大好き堅物人間の佐々木郁人は、お笑い好きな案外普通の人だった。

「うるさかったら声小さくするか？」

「大丈夫」

私が再び本を読み始めると、今度は彼の方が私に意識を向け、読んでいる本の背表紙を覗き込もうとした。私がなにを読んでいるのか気になったようだ。ちょっと本を持ち上げて見せると、彼は少し眉を上げた。

「ミステリー？」

「そう。意外？」

「前は恋愛小説だった。なんでも読むんだな」

「いろいろ読むよ。ファンタジーも好きだし。物語を追うのが好きなの、自分の人生じゃないけど、読んだぶんだけ共有できる気がするから」

子供の頃から好きだったけれど、昔は単純に楽しいからというだけだったように思う。けれど大人になってからは、おもしろみのない自分の人生よりも、物語の中の誰かの人生に惹かれて読んでいる気がする。

「そうか」

「郁人はあんまり読まないの？」

「そうだな」

簡単な相づちのみが返ってくる。

会話することに義務も感じない、沈黙を深読みする必要もない。ものすごく、楽な関係だと思う。

もはや私たちの出会いは運命なんじゃないだろうか。こんな夫婦関係が築ける相手はそうはいない――そんなふうに思えるほど、心地よさを感じるようになっている。

平日は、だいたいこんな感じで過ごす。もっと彼の帰りが遅いときもある。休日も仕事をしているのか、こっちに来てから二度迎えた土日は書斎にこもっていた。さすがに休日くらいは、私も食事を多めに作って彼が食べたいときに食べられるようにしている。

彼からクレジットカードを預かっていて、生活経費のすべてを出すように言われているので、いくら干渉し合わないと決めていても、それくらいはして当然だと思ったからだ。

とはいえ、まったく別行動ばかりというわけでもない。この前の日曜日は、私が図書館に出かけようとしていたときに、ちょうど彼が書斎から出てきて、仕事の気分転換にと一緒についてきた。

『ひとりの方がよければ、散歩だけする』

『いえ、そんなことはないけど……』

図書館なんて郁人には退屈じゃないのだろうかと思ったから、ちょっと驚いただけで。案外、私が本を選んで読んでいる間、彼も好きな本を物色してそれなりに楽しんでいたようだった。

帰りは、引っ越してきた初日に一緒に行こうと誘われていた定食屋に入って、夕食を取った。彼がおいしいと言っていた通り、煮物とお味噌汁の味が絶品だった。

そんな感じで、新婚生活は驚くほどに順調で快適だ。しかしすべて順調にと、そう都合よくはいかなかった。問題が出たのは、職場の空気の方だ。郁人は社内でじっとしていることがあまりないから、気づいていないのかもしれないが。

朝十時頃、コーヒーでも淹れようかと給湯室に向かったときだった。

「恥ずかしくないのかしらね、佐々木さんと一緒に並んで」

嘲るような声音のセリフ、その直後数人の笑い声が聞こえた。中に入る前に、ぴたっと足が止まる。面倒くさい場面に遭遇してしまった。

「営業部に来たのも佐々木さんが目あてだったんじゃない？」

「ってか、上司に頼んで見合いセッティングしてもらったんでしょ？　どうやって取り入ったのかな」

「上司に言われたら佐々木さんも断れないじゃない」

……好き勝手なことを言ってくれる。そう思ったが乗り込んで反論する気にもなれなくて、コーヒーはあきらめてオフィスに戻る。

「あれ？　コーヒー淹れにいったんじゃないんですか？」

手ぶらで戻った私を見て、河内さんが不思議そうにしていた。

「ちょっとトイレ行っただけ」

パソコン画面を再起動し、ふっとため息をこぼす。気にしないつもりだったけれど、さっきささやかれていたことは、私に結構なダメージを与えた。

人から見て、私と郁人は釣り合いが取れない。それはわかっているけど、どうやら上司に取り入って、私がお見合いに持ち込んだのだと噂されているらしい。

……あの上司ふたりに限って、断ったら飛ばされるとかそんなことあるわけないし。お茶を濁して帰りましょうって言ったのに、結婚を提案してきたのは郁人の方だ。

女って本当、噂好きだし集団になると口が悪くなる。

ただ、断ろうと思えば本当にできたわけで、断らなかったことを図々しいと言われるのはわかりきってる。だから反論するだけ無駄だとあきらめている。

そういえば、彼は私が相手なら結婚してもいいと思って見合いを受けたと言っていたけれど、いったいどういう経緯で、ふたりの上司の間で私たちの名前があがったのだろう？

昼休み、少し気になった私は久しぶりに経理部を訪れ、亀爺を呼び止めた。

亀爺はいつも社員食堂には行かず、愛妻弁当を近くの公園のベンチで食べる。私はコンビニでサンドイッチとコーヒーを買って、風通しのいい木陰のベンチに一緒に座った。

「それにしても、君たちが結婚を決めたのがずいぶん早くて驚いたねえ」

「お見合い結婚ってそんなものじゃないんですか？」

「さすがに三か月は早いよ。だいたい一年くらいじゃないか？」

そうなのか。半年くらいが普通なのかなと思っていたから、ちょっと早いくらいかもという認識だったけれど。

「まあ、三か月で愛が深まるくらいに、急速に惹かれ合ったってことでいいのかな」

ほくほくとうれしそうにそう言ってくれる亀爺から、気まずくなって視線を逸らしサンドイッチにかじりついた。

すみません、結婚するまでデートすら一回もしませんでした。とは言えそうもない。

「あの、課長。そもそもどうしてこういう話になったのでしょう？」

「うん？　営業部に異動になったら、君はますます仕事一辺倒になって婚活どころじゃないだろうからって、言わなかったかな」

「それは伺いましたけど、なんで相手が佐々木……ええと、主人だったのかなと少し不思議に思いまして」

「ああ、沢渡くんと話してたら、うちにもひとり心配なのがいるからって。それが佐々木くんだった」

「ええっ、あの人ならいくらでも相手はいたはずなんですが」

「そう、相手がいすぎて困ってたんだよ。取引先に行っても、常務のお嬢さんを紹介されたり」

「ああ……」

なるほど。私とは反対の意味で困ってたのか。

「いちいち縁談を持ちかけられちゃ、こっちとしては公正な取引がしたくてもできなくなる。それにうんざりしてたみたいでね。沢渡くんがいっそお見合いでもして身を固めてはと勧めたんだよ」

それでさっさと結婚したがってたのかな。いろんなことが腑に落ちるような、落ちないような、すっきりとはしづらい事情だった。

理由としては弱い気もするし、仕事人間のあの人ならありえそうな気もするし。いくら、見た目も実績も認められたエリートだからって、あちこちから縁談が舞い込むものなのかな、とも思ったり。

まあ、結婚の理由が弱いということに関しては、私も人のことは言えない。

もしかして、亀爺とか沢渡部長なら郁人のご家族のこととかも知っているのかな。

　ふと、そんな思いが頭をよぎったけれど、聞こうとは思わなかった。

「しかし、君たちが仲よくやってくれているとうれしいよ。それぞれ気にかけていた者同士だからねえ。結婚式は本当にしないままでいいのかな、仲人とかもやってみたかったんだけど」

「あ、それは大丈夫です。私も目立つことはしたくないですし……ですが、気にかけていただいてうれしいです。ありがとうございます」

　沢渡部長も亀田課長も、祖父とまでは言わないが両親よりも上の年代だ。そんなふたりに、なにやら温かく見守られているような感覚に、少しくすぐったい気持ちになった。

「歩実、亀田課長」

　少し会話が途切れたときだ。思いがけず、知った声で名前を呼ばれた。驚いてそちらを向くと、外出していた郁人が近づいてくるところだった。

「お疲れさまです」

「ああ、お疲れさん。奥さんを捜しにきたのかな」

　いやそんなわけない。普段社内にいたって別々に行動してるし、仕事ばかりで互いを気にする余裕はない。案の定、郁人も真面目な顔で答えた。

「いえ。外回りから帰社しようとしたら姿が見えたので」

「そうかそうか。私はもう終わったから、ふたりでゆっくりしてから戻りなさい」

亀爺は余計な気を使ったのか、ぱぱっと食べ終えたお弁当を片づけて、先に戻っていってしまった。

残されたのは、膝にサンドイッチの袋をのせて片手にコーヒーを持ち、ベンチに座っている私と、郁人だけ。

どうするのかなと思ったら、おもむろに隣に座った。まだ食べきれていない私を残していくのは不憫に思ったのだろうか。案外優しいところがある。

「えっと、お昼は？」

「軽く食べた」

「なにを？」

「コンビニのおにぎり」

なぜだ。もっとちゃんと食べたらいいのに、時間がなかったのだろうか。

「……よかったら、ひと切れ食べる？」

三切れ残っているうちのひとつを手に取って差し出すと、彼は一度ためらった。

「歩実の昼飯だろう」

「いいよ、ちょっとしつこいかなって思ってたくらいだし」

もう一度、「ん」と差し出すと、今度は受け取った。ふたりでもくもくと静かに食べていると、公園を行き交う人や小さな子供のはしゃぎ声が耳に飛び込んでくる。亀爺と時々ここで食べてたけど、こんな明るい公園だったんだとなにげなく思う。

「営業やってると、食事とかタイミング逃したりすることもあるの？」

「そうだな、取引先と食事するときもあるし、いろいろだ」

「朝の通勤時間も短くなったし、なんならお弁当作ってもいいかなと思ってるんだけど、逆に迷惑になるよね」

ふたり分もひとり分も手間は一緒だし、私の分だけ作るのもなんだしなと思ったのだけど。とはいえ迷惑になっても申し訳ない。

「……そうだな」

ぽつりと返事があった。不要ならそれでいいのだけれど、なにか考えているようだった。

「あの、無理にとは」

「昼がゆっくり取れるとわかってるときは、ついでに作ってくれたら助かる」

「え」

必要ない。そう言われるような気がしていたので、驚いて隣を見れば、相変わらずの無表情がじっと私を見ている。

「食べたいの？」

「食べたい。迷惑か？」

「いえ全然。前日に声かけてくれたら作るよ」

「助かる」

こっくりと素直にうなずかれ、なぜかずきゅんと胸にきた。

こんな愛想の欠片もない人なのに、かわいいなんて一瞬思ってしまった私はおかしいだろうか。

な、なんでこんな、素直なの？

そう意識した瞬間、うろたえてしまって慌ててサンドイッチを口に詰め込む。もう少しでむせてしまうところだった。

その後、午後の業務時間が始まる前に、ふたりでオフィスに戻った。並んで歩いていると、周囲の視線を集めて嫌だ。

――似合わない。

余計なお世話だけど、地味に傷つく。

「歩実、今日午前中にT社から連絡があって、来週頭に企画書を持っていくことになった。準備を頼む」

「わかりました」

歩きながら仕事の話をして、ふと、思いついたことがあった。

「それ、来週のことなら別の人に回してもいいですか？」

「誰だ」

「河内さんです」

そう言うと、彼はわかりやすいくらい眉を寄せる。彼の言いたいことはわかるが、仕事は委ねなければスキルアップもしてくれない。

「河内さん、たしかにミスが多いし、軽く考えてるところはあるんですけど、本当は案外手際いいんです。作業過程を見てて思いました。最終チェックは責任持って私がするので」

そう言うと、納得はしてくれた。けれど、たぶん仕事において、河内さんにはライトなイメージがあって、郁人は信用ならないのだろう。正直彼女の方も、頼んで素直にやってくれるかなど考えると面倒だったりもする。けれど、もしそれでぶつくさ言われたら私がやればいい。

今は別の急ぎの仕事も抱えているので、文句を言いながらでも河内さんが引き受けてくれれば私はかなり助かる。それに彼女はほかの女性社員と違って憎まれ口を直接たたいてくれるので、私にとってはまだ接しやすいタイプだった。

彼女が素直に引き受けてくれるなら、これからもできるだけ仕事を振って確実に戦力になるよう自信をつけてもらいたい。私はもともと営業部の人手不足で異動させられたのだ。そのうちまた経理に戻される可能性もあるからだ。

私自身、経理に戻りたい気持ちもあった。仕事としても向いてる気がするし、夫婦が同じ部署ではとにかく働きづらい。部署が違えば、まだ周囲の目も柔らかくなるんじゃないだろうか。

近づく距離と遠ざかる平穏

公園から戻った郁人と私が、営業部の入口に差しかかる。と、中から刺さるような視線が飛んでくる。私と同じ営業事務の女性社員数名の視線が、とにかく鋭い。ナイフが無数に飛んでくるようだ。

痛い痛い痛い。

そそくさと郁人から距離を置いて、自分のデスクに戻ろうとしたのだが。

「歩実」

「えっ、はい！　なに？」

どうしてオフィスで下の名前で呼んだ⁉

驚いて声が上擦った。名字が同じで呼びにくいのはわかる。だから会社では『園田』のままでいい。結婚しても職場では旧姓を使っている人はたくさんいるのに！

それでなくとも、郁人にはファンが多いのだ。彼女らを刺激したくなくてオフィスでは極力業務以外の会話をしないようにしているのに、これでは台無しだ。しかし郁人はまったく、なんとも思っていないらしい。

「予定が変わって、今日は定時で帰る」

「あ、はい。わかりました」

まだ昼休憩の時間だし仕事の会話でもないけれど、つい敬語で返事をしてしまう。

彼はちょっと眉を寄せたが、すっと自分のデスクのある方へと歩いていった。

夫婦なんだから、ちょっとプライベートな会話をするくらい普通のことだ。気にしすぎだとわかってはいるけれど、陰口のネタにされるのは嫌だった。

感じる周囲の視線にため息を吐きながら、パソコンを起動させる。

「いいですねえ、定時でお帰りですって」

向かいからじっとりとした目で睨まれた。私はそれをスルーして、さっきの仕事の話を切り出す。

「河内さん、ちょっと後で回したい仕事があるんだけど」

「なんですか？　自分が受けた仕事なら責任持って……」

「今手が回らなくて、郁……佐々木さんの仕事なんだけど」

「やります。手伝います！」

わかりやすいな、河内ゆかり。

郁人の名前を出せば、これからも仕事をうまく回せるかもしれない。考えつつ、午後の業務の整理をしていると、また向かいから声がかけられた。

「珍しく佐々木さん定時ってことは一緒に帰るんですか?」

「え?」

まったく考えていなかったことだったので、驚いて顔を上げた。言われるまで、さっきの郁人の言葉の意味を深く考えていなかったのだ。

え。あれ? 一緒に帰ろうってことだったのか、な?

「違うんですか? 園田さんだけ残業?」

「え、いや。私も定時で帰れるけど」

「じゃあそうじゃないですか」

そうか、そういうことだから、さっきわざわざそう言ったのか。これまで一緒に帰ったことがなかったから、少しも頭になかった。

じゃあ、帰りにスーパーに寄って夕飯の買い物をしたいけど……付き合ってくれるのかな?

仕事で疲れているだろうに、わざわざ付き合わせるのも悪い気がした。

家にあるものでもなんとかなるだろうか。それともなにか食べたいものがあるだろうか?

書類をさばきながら冷蔵庫の中身を思い出していれば、まだ河内さんの会話が続いていた。

「いいなー、新婚だし今夜はどっかデートにでも行くんです?」

残念ながら私たちにその可能性はありません。

定時の六時となり帰り支度をしていると、郁人があたり前のような顔をして私のデスクまで迎えにきてしまった。

本当に一緒に帰るのなら、社外で待ち合わせにすればよかったと後悔している。社内を連れ立って歩くのはやっぱり恥ずかしい。

外に出て社内の人間の目から逃れてやっと、ほっと気が抜ける。八月なのでまだ日は長く、外は明るさが残っていた。

「あの、夕ご飯はなにが食べたい? もし希望があったら、スーパーに寄って帰ろうかと思って……」

「あー……そうだな」

チッチッチッ……と、数秒の時間が経過する。なぜか徐々に、駅に向かう足取りがゆっくりとしたものになる。

「あの、とくに希望がないのなら、手早く作れそうなメニューを考えるけど」

「いや。外で食べないか？　たまにはいいだろう」

「え、でも。いつも忙しそうだし、早く帰って休みたいんじゃ？」

普段から自炊をしている私を気遣ってくれているのだろうか。だとしたら申し訳ない。料理は嫌いじゃないし、郁人が疲れているなら家の方がいいんじゃないかと思ったのだけれど。

「お好み焼きが食いたい」

「あ、そうなの」

案外はっきり、食べたいものが決まっているようだった。

三差路に差しかかり、駅とは違う方向へと足を向けたので、私も慌てて後を追う。どうやら行きたい店も決まっているようだ。

お好み焼きといえば、中学の頃、家までの帰り道でいつもおいしそうな匂いをさせていた店があった。

同級生が友達同士で学校帰りに立ち寄ったりしていたけれど、ぼっちの私はその頃はまだ今ほど開きなおっておらず、ひとりで入る勇気はなかった。

家族では外食すらしたことがなかったので、実はお店でお好み焼きを食べるのはこれが初めての経験だったりする。

そして今日は、ひとりじゃない。

そこは大通りから一本入ったところにある、こぢんまりとしたお店だった。

熱せられた鉄板の上で、じゅうじゅうと音を立てているお好み焼きが三枚。ここは自分で焼くお店のようで、なんと郁人がやってくれた。

「……すごい。私、実はお好み焼き、初めてで」

「……そんなヤツいるのか」

怪訝(けげん)な顔をされてしまった。

「あ。屋台とかのお持ち帰りのは、食べたことあるけど……」

素人が手を出すな!と言われてはいけないので、ヘラを使って丁寧に形を整えている郁人を、じっと見守ることにする。

「断然焼きたてを鉄板の上で食べる方がうまい」

郁人が真面目な顔でうなずきながらそう言うので、口の中に唾液がたまってしまった。お好み焼きを少しめくって焼き色を確認すると、彼が器用にひょいっとひっくり返していく。計、三枚。

「もう焼けた？」

「まだ。裏がこれからだろ。もう一回ひっくり返したらソース塗って」

「わかった。すごく手慣れてる……」

「学生の頃は、よくサークル仲間とかで食いにいったからな」

そういう人をうらやましく見ていたのが私です。私もお好み焼き屋の前を通るときばかりは、友達が欲しいと心底思った。

「いいね、楽しそう」

郁人も人に対して壁をつくるタイプだと思うけれど、私のように全力でぼっちに陥っていたわけではないようだ。そういうところ、すごいと思う。

「歩実は大人数は苦手そうだな」

「苦手かな。郁人は？」

「……あんまり得意じゃないな。仕事が絡むとしょうがないから顔は出すけど」

「私も、年一だけ」

「忘年会だろ」

「え。なんで知って」

「年一だけどうしても出るなら忘年会しかないだろ、普通」

くっと郁人が喉を鳴らして笑った。微かに口角が上がっている。

普段あまり表情に変化のない人が、たまに笑うととても和やかな気持ちになるのだと、彼と結婚して初めて知った。

お好み焼き屋を出て、のんびりと駅まで歩いている。ほくほくでおなかが温かくて、ビールも少し飲んだので頬も熱い。

アツアツのお好み焼きは、ほんっとうにおいしかった。

「癖になりそう、しばらく……」

満腹のおなかを手で押さえながらそう言うと、郁人がまた笑った。

最初の頃より、少しずつ笑顔の頻度が増している気がする。

「安上がりなヤツだな」

「安くておいしいなら最高でしょう？　スーパーでお好み焼きの粉とか売ってるよね、家でも作ってみようかな……けど、ぼっちでお好み焼きは寂しいな」

「休みの日にすればいいだろう」

食事も各自でという決まりだが、お好み焼きならふたりでする方がいいに決まっている。彼は、一緒に食べるのは当然だと言うように答えてくれた。

最初はもっと、味気ない結婚生活になるのかと思っていた。こんなふうに一緒にお好み焼きをしようなんていう間柄になるとは予想外だ。

「どこかに寄りたいところはあるか？」

「あ、スーパー。ちょっと食材を買い足したい。お疲れじゃなかったら」

「疲れてはいないが、そういうことじゃなくてだな」

なにか、私は見当違いのことを言ったらしい。隣を見上げると、困った顔をした郁人がいた。

「スーパーはどうしても今日行きたいのか？」

「いえ、そんなことはないけど」

まったく食材がないわけじゃないから、朝ご飯もどうにかなるし、べつに明日でもかまわない。しかし、スーパー以外で寄りたいところを尋ねられても、私にはピンとこない。首をかしげて隣を見上げると、彼が小さく苦笑いをした。

「……じゃあ、一軒付き合ってくれ」

郁人に着いて歩いて、ほんの数分ほどだった。おしゃれなレディースファッションの店舗の間に挟まれて、半畳ほどの幅の階段が半地下に向かって下りている。

暖色のアンティークランプが重厚な扉をほんのりと照らす。その店の入り口を見るだけで、すでにしっとりとした大人の雰囲気が漂っている。

扉を押し開くと奥へと細長い空間が広がり、クラシック音楽が流れていた。

「バー？」

「たまに来る。歩実も賑やかな居酒屋よりこういう店の方がいいだろう」

たしかに居酒屋は苦手だけれど、かといってこんなおしゃれなバーに来るのは初めてだ。

会社以外出かける場所といえば、せいぜいコンビニか図書館くらいだ。ほぼ引きこもりの私にバーは、ハードルが高い。しかし彼は慣れた様子で店内へ進み、カウンターの中にいるバーテンダーに挨拶をする。綺麗な男の人だ。

「いらっしゃいませ、佐々木さん。お連れ様があるなんて珍しいですね」

どうやら、彼は常連のようだ。

「妻だ」

「えっ」

あっさりと紹介され、バーテンダーが驚いた顔をする。びっくりした声は、私とバーテンダーの両方だ。

「ご結婚されてたんですね、知りませんでした」

まさか、そんなふうに紹介してくれるとは思ってもいなくて、気恥ずかしくて目を逸らす。咄嗟に言葉が出ないのは許してほしい。知らない人相手にはとくに会話スキルが低いのだ。

緊張でそわそわと店内を見回しながら、郁人と並んでバーカウンターの一番奥にあるスツールに座った。

「奥様はなにになさいますか？」

「え、あ、ちょっと待ってください」

〝奥様〟と言われて、ぽっと顔が熱くなる。

なにを頼めばいいのかわからず、動揺して郁人を見ると、メニューを差し出された。

「カクテルがうまい」

「そうなんだ……郁人はなに？」

「俺はいつもブランデーのロック」

おお……さすがバーになじんでいる。しかし、私の方はカクテルなんて普段飲まないし、メニューを見てもあまりよくわからない。いくつか、知った名前は見つかるけれど決められずにいると。

「よかったら、お好みでお作りします。今の気分はさっぱり？　それとも甘い方がいいですか？」

「えっと、濃い味のを食べたのでさっぱり……かな」

「お酒には強い方ですか？」

「そこそこぐらい、です」

バーテンダーの彼がいくつか質問して、それに合わせて作ってくれたのは紅茶の香りがするカクテルだった。

「あ、おいしい」

アイスレモンティのような味で、するすると飲める。

おつまみに頼んでくれたクラッカーとチーズの盛り合わせも、初めて本物のチーズを食べた、と思うほどにおいしかった。

しっとりとした夜の空気が漂う、落ち着いたいい店だと思う。騒がしい客もいない。この店の空気がそうさせるのか、皆、静かに会話と音楽を楽しみながら飲んでいる。

慣れない場所への抵抗感がやわらいでくると、漂う空気が肌になじむように居心地がよくなった。

「郁人はよく来るの？」

「たまに。最近は忙しくて、今日はずいぶん久しぶりだ」

「ふぅん……」

「そうそう、動木さんが寂しがってましたよ」

バーテンダーがふっと思い出したように郁人に言った。

「動木さん？」

「佐々木さんと同じく、うちの常連さんなんです。気のいいおじさんでおもしろい方なんですけどね。もくもくと飲む佐々木さんに、平気で絡んでいくのがおもしろくて」

「おもしろいわけがあるか。ただの賑やかなおっさんだ」

迷惑そうに彼は言っているけれど、彼の性格からして本当に嫌だったら、その人に会う可能性のある店にはもう来ないだろう。

なじみになるほど通っているのは、それほど嫌がっていないのだ。

静かに飲んで、たまにバーテンダーさんやほかの常連客も加わり会話をして、お酒を飲む。そんな時間を楽しんでいるのだろう。

「こんなお店、初めて来た」

初めての体験にちょっとしたドキドキ感があるが、ひとりじゃないおかげで楽しめた。以前の私なら考えられないことだけど。

「ここは会社の連中に会うこともまずないからな。気が抜ける」

そんな場所に、私を連れてきてもよかったのだろうか。

どうして彼が、突然この店に連れてきてくれたのかは、結局わからない。

静かに、ふたりでお酒を飲んで、沈黙が続けばお互いに携帯を見てと、相変わらずお互い自由に過ごしている。

バーテンダーさんには、『不思議なご夫婦ですね』と興味津々(きょうみしんしん)の様子で言われた。

残念ながら、動木さんという人には会えずじまいだったが。

「あんなにおいしいカクテル、初めて飲んだ」

「そうか」

しかし、普通に居酒屋でチューハイやビールを飲むより、酔ってしまったかもしれない。そんなにたくさん飲んだつもりはないのに、足もとがふわふわとしてほろ酔い気分だ。

大きく深呼吸すると、夜の空気がほんの少しだけ体を冷やしてくれて気持ちいい。

「明日なんだが」

「うんー?」

駅まで歩く道すがら、郁人が不意に話しかけてくる。私はなんとなしに答えながら、そういえばこれってデートになるのかな、なんてことを考えていた。河内さんに明日なにか聞かれたら、デートしたと答えてもいいのだろうか。

「歩実、聞いてるか」

「はいっ、聞いてます！」

「明日の昼は、会社でゆっくり取れそうだ」

「そうなんですかぁ」

どうして昼の予定のことを言われているのだろう？　不思議に思いながら相づちを返すと、そこで会話が途切れた。

私たちの間で会話が続かないのも沈黙が続くのも少しも、珍しいことではないが、なんとなく引っかかって首をかしげる。

お昼は、会社で、ゆっくり食べる？

お酒のせいで頭の回転が鈍いながらに、やっとそこで思い出した。

「あ、お弁当！　じゃあ明日、作る」

「頼む」

危ない危ない。今日の昼にしていた話を、かろうじて思い出せてよかった。明日はお弁当初日だし、私のだけなら適当でいいかなーと思っていたけれど、郁人の分も一緒に作るとなるとそうもいくまい。

「なにかリクエストは？」

ある？と、隣を歩く郁人に聞こうとしたときだ。

足がくにゃりとなってふらついた。

やば、こける……！

咄嗟に、手がなにかを掴もうとする。同時に、力強い手にしっかりと上半身を抱き留められる。私の手は、郁人のジャケットの袖を握りしめていた。

「……ご、ごめんなさい」

酔ってこけそうになって、男の人に助けられるなんて初めてのことで。近い距離感に、急に体に緊張が走る。自分の足で立って体勢を整えようとしたけれど、郁人の手がまだ私の体を支えたままだ。

「足、くじいてないか？」

しかも、私の足首の心配までしてくれる。私の肩を掴んだまま足もとを覗き込まれたとき、距離の近さをますます感じて、顔がじわじわと火照り始めた。

「あ、だ、大丈夫」

すぐ目の前に、郁人の顔がある。間近で目が合って、やっと彼も気がついたのだろう。

目を合わせたまま、数秒無反応かと思ったら。

ぱっと大げさなくらいに、手が離された。

「こけないように気をつけろよ」

「あ、うん。ありがとう……」

びっくりして、しばらく瞬きしながらぽかんと郁人を見上げた。

突き放されたわけではないけど、今の手の離し方は、かなり大仰だった気が。

私の視線に気づかないのか、彼はすぐに進行方向に向きなおった。さらに歩くテンポをゆっくりとしたものに変え、先を促す。

「行こう」

……女性が苦手とは言ってたけど、他意なくたまたま触れるのも苦手ってこと？

でもオフィスにいるときの彼は、それほど極端に女性を避けていたイメージもないし……。

違和感に首をかしげる。

不思議に思いながらも、すぐに何事もなかったかのような空気が流れ、ほっとした。

やっぱり普段のほどよい距離感の方がいい。ばくばくと忙しく働いていた心臓が、ちょっとずつ落ち着いてくる。

そして、いつも通りの静かな口調で彼が言った。

「……卵焼きは入れてほしい」

「ぷふっ……了解」

ずいぶんと質素なリクエストだ。

おかしくてつい笑ってしまった。

そうして翌日以降から、わりと毎日に近いペースでお弁当リクエストが入ることになった。

お弁当を食べる場所は限られる。

郁人の分もお弁当を作った日は、初めのうちこそあえて別々に食べていた。けれど『べつに気にする必要はないだろう』と、他人の目を気にするのを郁人が面倒くさがって、オフィスで一緒に食べるようになった。

彼があまりにも堂々としているので、私もじきにバカバカしくなったのだ。

大半の人は、昼時は社員食堂に行くので、オフィスフロアの人口密度は少し低くはなるものの、ふたりきりというわけではない。郁人は私のデスクに丸椅子を持ってきて、並んで座る。最初は恥ずかしかったけど、そのうち慣れた。

『ウインナーをタコの形に切るのは、なにか意味があるのか』

『……見た目がかわいいからかな？』

タコさんウインナーの存在意義を問われることになるとは思わなかった。

郁人はたまに変なことを言うので、やっぱりちょっと変人なのだと思う。

彼は甘い卵焼きが好きだと知ったので、それは定番になった。卵焼き以外ももちろん綺麗に食べてくれるので、こちらも作り甲斐がある。

『こうやって半分に切ってから切り目を入れるとお花みたいにもなるよ』

こんなどうでもいい話をしながら一緒にお昼ご飯を食べるうち、いつのまにか私たちの不仲説は立ち消えていた。ぶっちゃけ、最初から不仲でも仲良しでもなかったのだが、くだらない噂が消えるならそれでいいと思う。

不思議なもので、干渉し合わない契約であったはずなのに、毎日を過ごすうち私たちはとても自然に、近づいていた。

ただそれに伴い、女子からの弊害は私のもとにやってくることになる。

私たちがオフィスでお弁当を食べ生温い視線を浴びるようになって、二週間がたつ。

珍しく残業になってしまった夜、コーヒーでも淹れてひと息つこうかと給湯室に入った。流し台の対面にある食器棚に、必要に応じて各自カップを持ち込んでいる。私ももちろん、置いてあったのだが。

見あたらなくて捜したら、ゴミ箱の中に捨ててあった。ため息をついてカップに手を伸ばす。白地にネイビーのボーダーの入った、百円均一の店で買った安物だ。見れば、取っ手がぽろりと落ちていた。

「……やることが小学生」

誰かがわざとやったのだろうと、確信してしまう。というのも、このところ、乾燥防止にデスクの上に置いてあったリップやハンドクリームが、立て続けに姿を消した。ハンドクリームはネットで買ったちょっと珍しいもので、ハーブの香りが気に入っていたのでショックだった。

いやいや。悪いほうにばかり考えるのはよくない。もしかしたら、誰かが自分のカップを取ろうとして誤って私のを落としてしまったのかも……そんなわけないか。誰のものかわかるように記名しておく決まりになっていて、私も当然、底にマジックで書いてある。間違って割っただけなら、ひと言謝りにでもくるはずだ。

これって、窃盗とか物損とか、なんかで訴えようと思えばできてしまうのでは？ 百均だけど。値段は関係ないでしょう、多分。

けれど、誰に訴えればいいのか……そもそも訴えたところで、どうにかなるものでもない気がする。

いじめや嫌がらせの類というのは、『やめろ』と言われて簡単に止まるものでもなくて。上司に相談したところで、解決不可能なトラブルなんて嫌がられるに違いない。だとしたら自分でなんとかするしかない。

このまま放置して、仕事にも支障が出たらまずい。

どうしたものか、壊れたカップを無言で見つめていたときだった。

「歩実？」

突然名前を呼ばれ、びくっと肩が跳ねる。

「郁人？　おかえりなさい」

今日は会社には戻らず取引先から直帰するのだと思っていた。郁人の目は、私を見てから、次に私の手もとに向けられた。

「あ。壊しちゃって」

すぐさま、ゴミ箱に捨てなおしたが、郁人は眉をひそめる。

「誰が？」

「私が」

じっと不審な目で見つめられ、気まずくなって目を逸らす。郁人との結婚が原因で周囲とうまくいかなくなっているなんて、知られたくないのに。郁人の視線は全部見透かそうとするかのように、私の目から逸れない。

嘘をつくなと、叱られているような気になってきた。

「ほんとに。取っ手がぽきっと。長く使ってたし仕方ないね」

取り繕って笑うと、郁人はそれ以上なにも言わなかったけれど、黙ったまま食器棚に近づき紺色のカップを出してきた。

「コーヒー淹れるならこれ使え」

「あ。ありがと。郁人は？」

「俺はいい」

ありがたく郁人のカップを受け取ってコーヒーを淹れていると、少しの沈黙を置いてまた話が蒸し返される。今度は、はっきりと。

「まだ嫌がらせされてるのか」

「えっ」

驚いて顔を上げる。郁人を見れば確信を持った目で私を見ていて、彼が全部知っていたのだとわかった。ほとんど会社にいないから、てっきり郁人は気づいてないと思っていたけれど。

……知ってたんだ。なんか、情けない。

「たいしたことじゃないから大丈夫。仕事に支障はないし、ほんとに」

笑って言いながら、恥ずかしくて情けなくて。顔が赤くなるのがわかる。郁人と私がつり合わないことは重々わかっていたし、他人になにか言われるのも嫌だけど、そのことを郁人に知られる方が恥ずかしかった。

私のせいで、郁人にも嫌な思いをさせたかもしれないと思うと、余計に居たたまれない。

郁人が心底うんざりしたというような顔で、ため息をついた。

「くだらない。どうして外野がうるさく言うんだ」

「あはは。郁人にはファンが多いから」

「本人同士が納得して好きで結婚したんだ、他人は関係ない」

お湯を注いで、くるくるとかき混ぜているところで、そんなセリフを聞いて。

……好きで、って。

ぼぼっと不覚にも顔が熱くなる。さっきまでの情けなさとか恥ずかしさとはまた別の意味で。

「わ、私は気にしてないよ、ほんとに」

いや、その好きは、〝私を〟ってわけじゃないから。思いのままに好きに結婚した、っていう意味だからね！

危うくときめきかけた自分を、頭の中で叱咤する。そんな言い方したらつい変に意識しちゃうからやめてほしい。こっちは本当に色恋に関して免疫がないんだから。

深呼吸をして落ち着きを取り戻して、笑ってみせた。

「大丈夫だから。郁人と結婚した以外にも、もともと私にも一因があるんだと思う。仕事する上で必要以上のコミュニケーションやなれ合いはいらないと思って、ひとりでいることが多かったから、嫌われる要素が最初からありすぎるんだよね……」

「そんなことは関係ないだろ。会社は友達ごっこをしにくるところじゃない、仕事をするところだ」

「それはそうなんだけど……」

こういうところ、本当に私と彼は似ているなあと、苦笑してしまった。会社は仕事をするところ、私もそう思う。ただ、彼と関わるようになってから、少しずつ私の考え方も変化してきている。

「心配してくれてありがとう。でもちょっとずつ、私からも周囲とわかり合う努力はしてみようかなって思ってるから」

そう思えるのは、郁人との時間がまったく苦じゃないからだ、きっと。彼との時間は、人と関わるのも悪くないかもしれない、と思わせてくれた。

コーヒーのカップを手に、一緒にオフィスに戻ろうとして、ふと思いつく。

「……もしかして、一緒にお昼食べるようになったのって。私に気を使ってくれてた?」

「そんなつもりじゃない。同じオフィスにいるなら一緒に食べたらいいと思っただけだ」

郁人は素っ気なく言ったけれど、たぶん間違いないと思った。視線が合わないときは照れくさいときなんじゃないかと、最近なんとなくだけれど感じている。

「……ありがと」

くすぐったい感情を抱えて、ぽつりと小さくお礼を言った。長年定着したぼっち体質だ。みんなとわかり合うのは、そう簡単ではないだろうけれど、味方がいてくれると思えるのはうれしかった。

その後、私はさっさと残業を終わらせようと自席に戻った。てっきり郁人は先に帰ると思っていたのだが、どういうわけか彼は今、私の隣のデスクでタブレットを使っている。

……ふたりきりのオフィス、静かな空間に、時計の秒針と私のキーボードの音が響く。ふと、このシチュエーションが先週から読み始めた恋愛小説のワンシーンに似ていることに気が付いた。なんとなく、落ち着かない気分になる。

不意に、彼がコーヒーのカップに手を伸ばした。

「ひと口もらっていいか」

「え、あ、うん?」

もちろん、そのカップはもともと彼のものだし。でもそれ、すでに私がもう口をつけちゃってるけど。

たかが、間接キス。そんなことぐらいでとがめるのもどうかと思うので、なんでもないフリをする。けれど、その後私はひと口もコーヒーを飲めなかった。

決して嫌だったわけではない。バカみたいに意識してしまって、とてもじゃないが手を出せなかっただけなんだと、心の中で誰に向けてかわからない言い訳を必死でやっていた。

どうも、頭の中が乙女的思考になっている気がする。いつもなら三日もあれば読み終える小説が、なかなか先に進まないのもきっとそのせいだ。

ヒロインとヒーローがちょっと手を触れ合う程度のシーンで、妙にそわそわしてしまってつい本を閉じてしまうのだ。本筋に関係なさそうなら飛ばし読みすればいいのに、それはそれでなんだか気になって結局読んでしまう。

今までだったら、恋愛小説なんて比較的冷静にツッコミを入れながら読んでる方だった。

『いや、それはヒロイン甘やかしすぎでしょ』とか、『ヒーロー御曹司のくせに暇すぎない？　会社背負ってんだからもうちょい働け』とか。

ストーリーにドキドキしながらも、現実にはありえない部分に多少笑いつつ楽しんでいたのに、今はなぜかそれができない。

『オフィスでなにいちゃついてんだ！』と思うようなシーンが、たまに郁人とふたりのときに思い出されてしまうのだ。

そんな浮ついた気持ちだったから、バチがあたったのだろうか――。

静かに朝の業務がそれぞれ行われていたオフィスに鋭い声が響き、驚いて手が止まる。

「はあ⁉　忘れてた⁉」

声の主の男性社員が私の向かいのデスク脇に立っていて、その彼の前で河内さんが縮み上がっていた。

「す、すみませんっ！　後回しにしてしまってて」

「後回しにって、頼んだのは一週間も前だろうが！　明日の朝一で必要なんだぞ⁉」

「ご、ごめんなさ……」

真っ青になって震えている彼女を見兼ねて、思わず間に入った。

「代わります。どうしましたか？」

「先週頼んであった書類がまだできてないって。忘れるか普通！」

「必要なのは明日ってことですよね」

頭を切り替えなければ話は進まない。河内さんも青ざめているが、彼の方もかなり焦っている様子だった。

「河内さん、資料こっち回して」

「え、あ、でも」

「早く」

河内さんがおずおずと差し出したファイルを私が受け取ると、その男性社員も頭を切り替えてくれたようで、私のデスクの方へ回り込んできた。

「すみません、なんとかならないですか。絶対獲得したい大口のクライアントなんですよ」

「書類はなんとかできても……見積書の方が明日までにできるかどうかですね。経理にお願いしてすぐに作成はしてもらえますが、営業と経理の各部長と取締役の印が必要なので」

部長ふたりは、なんとかなる。

しかし、取締役となると私の判断で必ず大丈夫だとも言えなかった。

とにかく、できることからするしかない。

「経理に直接行ってきます。ほかの書類もどうにか間に合わせるので」

と、立ち上がったときだった。

「取締役の確認印は俺がどうにかできる」

郁人の声がした。

「ほんとか、佐々木」

「ああ、なんとかなると思う。俺もちょうど至急で確認が欲しい案件があったからそのときに——」

「悪い、助かる！」

郁人とふたりの間で、どうにか話はつきそうだ。それなら、あとは急ぐだけだ。

「早速経理にかけ合ってきます！」

「書類ができたらすぐに俺に声かけてくれ」

郁人の言葉にうなずいて、オフィスを出ようとしたが。河内さんの焦った声に引き留められた。

「す、すみません！　私も今から……」

「経理は私の古巣だから大丈夫」

「じゃあ、ほかの資料作成を……」

「それも大丈夫。私がやるから」

急いでいるあまりに、冷たく突き放した言い方になってしまった。

……しまった。

後悔したけれど、今は経理に急ぐこととその後の仕事の段取りで頭の中が忙しく、それどころではなかった。

ほかの資料作成にしても、急ぐなら河内さんに頼むより私がやった方が早いのだ。

……それにしても、もう少し言い方があったかもしれない。

きゅうっと胃の痛みを感じて、手で押さえた。周囲とうまくコミュニケーションをとっていかなければと思っていた矢先だったのに。咄嗟のことでうまくやれない自分にがっかりしながら、経理へと急いだ。

亀爺をつかまえて見積書二案を至急でお願いしたところ、どうにかできそうだと見通しが立ち、ほっと息を吐く。

……河内さんに、なにか声をかけなくちゃ。

彼女のミスとはいえ……いや、だからこそ落ち込んでいるはずだし、気になってもいるはずだ。

だからといって、こういうときになんて言えば嫌みなく励ますことができるのか、私には自信がない。

悩みながらオフィスに戻ったとき、偶然目に入った光景に足が止まった。

オフィス外の通路の端の方に、人目を避けるようにして立つ郁人のうしろ姿がある。向き合うように立っているのは、河内さんだった。

なにか話しているけど、内容まではわからない。ただ伝わってくるのは、河内さんは泣いてるらしいということだけだ。

仕事でミスをすることなど、いくらでもある。仕事以外のなにかに気を取られることだって誰でもあるのだから、失敗したときに悪びれず責任を感じることのできる彼女は、ちゃんとこの先気をつけて仕事をこなせるだろう。

さっきの青ざめた顔は決して演技ではなかったと思うから。

そういった類のことを、彼女に伝えてあげればいいのだとわかってはいる。だけど、今は目の前の光景に私自身が動揺してしまって、彼女に近づくことができなかった。

ふたりに気づかれる前に、逃げるようにオフィスに入り自分の席に着く。

……私がきつい言い方をしてしまったから、郁人が慰めてくれているだけ。

そう自分に言い聞かせても、すぐに嫌な感情が込み上げてくる。

なにも、そんなところで隠れるようにふたりで話さなくてもいいのに。

それに、いつもなら誰かが落ち込んでいても、慰めにいったりなんかしない人だ。

仕事に関しては、とにかくドライでシビアな人だから。

……なのに、河内さんに限ってどうして例外なの？

もやっとおなかが痛くなる。考えれば考えるほど胸の中が苦しくなる。ぎゅっと拳を握りしめて気合を入れ、余計なことは頭の中から追い出した。

ほどなくしてオフィスに戻ってきたふたりにも気づかないフリで、パソコンのモニター画面に視線を集中させる。

「すみません、急ぎでない案件、回してください。私がやります」

河内さんがそう声をかけてきて、そのとき初めて気づいたみたいな顔をして、答えた。

「ありがとう、助かります」

きっと、私が今日一日河内さんの仕事に手を取られ、ほかの仕事が遅れることに責任を感じてくれたのだろう。さっきのように突き放した言い方にならないよう気をつけたら、逆にそれ以上言葉が出てこなくなった。

まだ手つかずの仕事をひとつ彼女に回し、簡単な引継ぎをして再び資料作成に意識を集中する。その後、私も彼女もそれ以上、なにかを話すことはなかった。

見積書はその日の午前中にできあがり、各部署の印をもらって回るのを郁人にお願いした。

「そっちは間に合いそうか」

「今日一日あればなんとか」

言うと、郁人がくすりと笑う。

「さすが」

たとえ落ち込んでいようとうろたえていようと、仕事には影響しない。早くて、正確。

それが私のステータスだ。

「でも、今日は集中するからお昼は別々にしたい」

「そうだな、俺もこれから部長ふたりと取締役のところを回ってくるから、何時になるかわからない」

本当は、今日こそ一緒に食べたいような気持ちもあって。

だけど、郁人の方も時間に余裕がなさそうで、あっさりとうなずかれたことが寂しかった。

ふたりでお弁当を食べる時間が、いつのまにか私の中で一日の中の重要な時間になっていたようだ。ひとりで食べるのがあたり前だった頃は平気だったのに、今はやたらと寂しかった。

そして定時を迎えた。

すべての作業を終えパソコンの電源を落とすと、息を吐きながら軽く首を回す。残業覚悟の仕事だったが、自分でも驚異の集中力で定時までに終わらせてしまった。

さすがに肩凝りはひどくなったようで。こきっと首が鳴った。

……こんなとき、落ち込んで仕事が手につかなかったりすれば、ちょっとはかわいげがあるのだろうか。

そのときは、郁人は私を励ましてくれるのかな。

……って、なに考えてんの私。

これではまるで、私が河内さんに嫉妬しているみたいだ。郁人が誰かに優しくするのが許せないと、独占欲の塊みたいになっている。

「……お疲れさまです」

周囲に声をかけ、深く考えることから逃げるように椅子から立ち上がる。通勤用のトートバッグを手に取った。

郁人は、夕方頃に取引先との約束があるとかで外出してまだ帰ってきていない。私もどこかで軽く食べるか、弁当でも買って帰ろうと思ったのだが。

「園田さん！」

オフィスを出てすぐだった、そう名前を呼ばれたのは。

振り向けば、河内さんが私の後を追ってきていて、エレベーターまでの通路を横に並ぶ。

「あの、もしこの後お時間あれば……夕食、どこか食べにいきませんか」

「え。……私？　私と？」

「はい。あ、私のおごりで。お話したいこともあって……」

なんの話だろう。

聞きたいような、聞きたくないような、逃げ出したいような。

今までの私なら、なにか適当な理由をつけて断っていたかもしれない。仕事の話なら勤務時間内にするものだと思うし、プライベートなら気後れするものに無理に付き合うこともないと思うから。

だけど、今の私は、とにかく今朝のことが気になって仕方がないのだ。

あのとき郁人と彼女は、どんな話をしてたのだろう。それを知ることができるのだろうか。

「わかりました。じゃあ、少しだけなら」

怖いけど気になる。

私は緊張気味にうなずいた。

河内さんの案内で連れてこられたのは、イタリアンレストランだった。石造りの外観には異国情緒が漂い、白を基調にした店内はシンプルながら洗練された空間となっている。料理は創作イタリアンだそうで、とにかく女子力高めのお店だった。

アルコールメニューが写真付きで載っていて、色とりどりのカクテルはどれも見た目にかわいらしい。こんな場所に連れてこられて、いったいなんの話をされるのだろう。

頼んだお酒がそれぞれ運ばれてきて、オーダーしたお料理が並べられた。どれも色合い華やかに盛りつけられたお料理ばかりで、写真を撮って誰かに見せたくなるのもわかる。

そんな中、平静を装い背筋を伸ばして座っているものの、内心は緊張していた。お店に気後れしているのもある。けれどそれ以上に、彼女がなにを話すつもりなのか、考えれば考えるほど嫌な予感しかしない。

もしも、郁人への気持ちを告白でもされたらどうしよう。私はどう答えたらいいんだろう。

彼女が、以前から郁人に好意を寄せているのは知っている。彼女も隠そうとはしていなかった。郁人に優しい言葉をかけられて、やっぱりあきらめきれないと思ったのかもしれない。

面と向かって公言されてしまったら……今のように平気な顔をしていられるかわからない。

正面の河内さんは、真剣な表情で真っすぐに私を見据える。私も真剣に聞かなければと、覚悟を決めて見つめ返した。

視線があった河内さんは、ぴくりと頬を引きつらせていたが、次の瞬間。

「今日は、本当に申し訳ありませんでした！」

彼女がぺこりと頭を下げた。

栗色に染まった綺麗な髪の旋毛を見ながら、拍子抜けする。

「え……え？　なにが？」

あ！　『佐々木さんを好きになってすみません！』ってこと？

どちらかといえば強気な感じでくるのかと思っていたけれど……いや、つまりそれだけ真剣ということなの、かな？

そう思うと、鼻の奥がツンと痛くなる。胸の中が軋んで嫌な焦燥感に襲われた。

『河内さんがなんと言おうと、妻は私だから』

そう言う資格が私にあるのかな?

頭の中ではそんなことが渦巻いていて、いろんな感情があふれてくるのにそれを言葉にすることができない。

だけど、またしても彼女は、私が思っていることとはまったく違うことを言う。

「なにがって、今日の書類のことです。私が忘れてしまっていたやつ……ご迷惑をおかけしました」

今度こそ、本当に拍子抜けしてしまった。

ぽかんとする私の前で、彼女はあきれたような顔をする。

「忘れてたんですか? 今日のことですよ?」

「え、いや、そうではないけど」

嘘です。忘れてました。というか、すり替わってました、河内さんを郁人が慰めていたシーンを見てしまってから。

書類はちゃんと間に合ったのだから、解決した問題だったし。

河内さんによく思われてないことはわかっていたので、まさかこんな形で謝られるとは思ってもいなかった。

「あ、気を使ってくれてありがとう。書類はちゃんと間に合ったから」

「はい。聞いてます。でも私からもちゃんと言いたかっただけです。ありがとうございました」

ちゃんとお礼を言いたかったから、親しくもない私を食事に誘ったってこと？

案外律儀(りちぎ)なところがあるんだと驚いた。

「そういうことで。とりあえず乾杯しましょう」

「え。あ、はいっ」

促されて、慌ててグラスを手に取る。

お互いに軽く掲げてひと口飲むと、沈黙が訪れた。

こういう、仕事ではなくプライベートな時間での沈黙って、苦手だ。相手が郁人なら、お互いにべらべらしゃべるタイプじゃないとわかっているから楽だけれど。

なぜか追いつめられているような気持ちになって、余計に焦ってどうしたらいいかわからなくなる。

いや、でも、ここはなにか話さなくては。少しずつ、こういうことに慣れていこうと思っていたのだからいい機会だ。

仕事のときよりもフル回転で頭の中を働かせている。

しかしまたしても、先に話を切り出したのは彼女の方だった。

「本当は、私ちょっとムカついてたんです」

決して穏便ではない話題に、ぴくっと私の顔がこわばる。が、よく聞けば過去形だ。

そして彼女は、少し拗ねたように唇を尖らせている。

「あんな言い方しなくてもよくないですか？　ちょっと考えた方がいいと思います」

「あ、えっと。ごめんね。ちゃんとフォローできなくて……」

その点に関しては、私も後悔していたからするりと言葉が出た。

「仕事のフォローは完璧ですけど。人間関係のフォローがまったくないですよね、園田さんって。それじゃ後輩育ちませんよ」

「……すみません」

私が怒られているような構図になってきていて、内心首をかしげるが、それほど嫌な気持ちはない。

いつも誰かともめた後は、謝る機会を考えているうちに陰口を言われて終わり、そんなことが多かった。だからこうして正面切って言ってくれたことが、驚きと同時に少しうれしい。

ちょっぴり心の緊張が解けてきたとき、河内さんはバツが悪そうに目を逸らした。

「なんで先輩が謝るんですか。わかってますよ私の言いがかりだって……」

「え、でも……」

私ももうちょい、うまく言えたらよかったたって思ってたから——そう言葉を続ける前に、彼女がしょんぼりと肩を落とした。

「佐々木さんに怒られたんですよ。それから、いろいろ聞きました」

「え、なにを？」

いろいろ？

河内さんに、郁人が？

『いろいろ』の内容もよくわからないし、どうしてそれを河内さんに言うのかも、なぜ怒ったのもわからない。

彼女はちょっと、ふて腐れたような顔をしていた。

「私、悔しくって。謝ったのにあんな言い方なくないですか、ってちょっと愚痴ってたんです、営業部の女子社員の前で。それを佐々木さんに聞かれてしまって」

営業部の女子の面々と、河内さん。

普段は特別仲がいいわけでもない様子だが。タッグを組んで私のことを話している姿は、なんとなくイメージできる。

ぞぞ、とした。

「……すみません」

「いえ、もういいけど……彼はなんて？」

「すっごく、怖かったんですよ……いつもクールですけど、さらに冷たくできるんですね。鳥肌立っちゃった」

河内さんが青ざめた顔でぶるっと体を震わせるのを、私は驚いて見ていた。

郁人が、怒った……本当に？

てっきり、仕事のミスで落ち込んで、私にまで冷たくあしらわれた彼女のフォローをしてくれたのだと思っていた。ある意味フォローには、間違いないようだけれど。

「園田さんは、私のことバカにしてるって思ってました。実際、園田さんに比べたら私は仕事できないし、それも仕方ないと思ってたんですけど」

「え、そんなこと」

「でも、そうじゃないって。佐々木さんが教えてくれたんです。園田さんが、私に無理がないよう仕事を回そうとしてくれてたこと、ミスさえ注意すれば手際がいいって褒めてくれてたこととか、教えてくれて」

河内さんは照れ隠しなのか、唇を尖らせながら私にまた頭を下げ「ありがとうございます」と言った。

「いや！　そんな、なにも」

慌てて手を振って、彼女に頭を上げさせる。

その間も、じわじわと体が熱く火照ってくる。

まさか、そんなフォローの入れ方をしてくれてたとは思わなくて。郁人が、私をかばうような言い方をしてくれてたなんて、思わなくて。

ちょっと、涙が出そうになった。

「おふたりって、お見合い結婚ですよねえ？」

「あ、うん。そう……一応……そんな感じ」

「なんか、結構うまくいくもんなんですね。佐々木さん、園田さんにかなりぞっこんじゃないですか？」

「えええ？」

「結構な剣幕で言われましたもん。歩実はいつも他人の仕事でも、誰にも気づかれないようさりげなくサポートしてる。口数が少ないし誤解されがちだけど、言葉に出ないだけでたくさんのことを考えて行動してる。決して冷たい人間じゃない。仕事上でもプライベートでも信頼できる女性だ。って」

いったい、どこの誰のことだろうとぽかんとしながら聞いてしまった。

そして私のことなのだと気づいたら、目頭がますますじんと熱くなる。

うれしかった。それから段々と気恥ずかしくなってきて、耳と顔まで火照り始める。

「やっぱり奥さんのこととかよく見てるんですねえ」

河内さんが、もぐもぐとバーニャカウダのきゅうりを咀嚼しながらそう言った。

その間も、顔の熱がなかなかおさまってくれなくて。

ちょっと、うっかり飲みすぎてしまった。


小一時間ほど一緒に食事をして、会計を済ませる。年下におごらせるわけにもいかないから結局割り勘にした。店を出て河内さんと別れ、帰路を急ぐ。飲みすぎたので、タクシーに乗った。いや、飲みすぎが理由なんかじゃなくて、一刻も早く帰りたかっただけかもしれない。

マンションに帰ると、もう玄関に郁人の靴があり、明かりもついていた。

おぼつかない足取りで、テレビの音が聞こえてくるリビングに向かう。

「おかえり。……飲んでるのか」

郁人もリビングのソファで缶ビールを開けていた。

「うん、河内さんに誘われて、行ってきた」

「そうか」

ちょっとだけ口角が上がる。

見慣れてきたからわかる、ごくわずかな微笑みだ。その優しい表情に励まされるようにして、私は郁人の隣に座る。

「郁人さん」

改まって名前を呼んだ。

どうしても、ちゃんと、お礼が言いたかった。

彼が、訝しげに眉を寄せる。

こういうことをちゃんと口にするのは照れくさい。いつもの私なら、きっとうまく言えずにいつまでもぐずぐずしていただろうけど、今日はお酒にも助けられている。

「なんだ？」

「あの、河内さんが、いろいろ教えてくれて、それで」

「いろいろ？」

たとえ酔いに助けられても、言葉選びが苦手なのは変わらなくて、もどかしい。

単純にありがとうだけで済めばいいのに、そうもいかない。なにがどううれしかったのか、今夜の私はちゃんと彼に伝えたいと思っていた。

「郁人のことを『やっぱり奥さんのこととかよく見てるんですね』って、河内さんが」

それがとても、うれしかった。

郁人は、私が言葉足らずなこと、それだけじゃなく頭の中ではいつもごちゃごちゃと考えていて、私なりに感情もあるのだということをわかってくれている。

「……べつに、たいしたことは言ってない」

素っ気なく返されたけれど、顔を見れば少し照れているのがわかる。懸命に、彼のわずかな表情の変化を見つめた。

郁人が理解してくれたように、私も彼を理解していけるようになりたい。

「あたり前のことを言った。それと、歩実はもう少しうまく立ち回らないと、損をするだけだ。俺が言えた義理でもないが……」

照れ隠しと心配が入り交じるお説教のような言葉が続くのをおとなしく聞き、うんと素直にうなずいた。

「ありがとう。郁人がわかってくれてうれしかった」

自然に頬が綻ぶ。

すると彼はちょっと、目を見開いて私を凝視していた。

アルコールでまだ少し、頭がふわふわとしているせいか、とても間近で見つめ合っているのだということに、あんまり気づいていなかった。

「すごく、うれしかった」

返事がないからもう一度、そう言うと。

ふわりと、私の左手の上に彼の大きな右手が重ねられた。

目の前の、色のついたガラス玉みたいな綺麗な瞳に、私が映っている。

温かく包み込まれる私の左手に全神経が集中し、しばらく見つめ合う。徐々に顔が火照り始め、耐えきれなくてそろそろとうつむいた。

どうしてこんなふうに手を握られているんだろう。

不思議に思いながらも、全然嫌じゃなくて、胸の奥がこそばゆい。

「あ、あの」

そのまま、どうしたらいいのかわからずためらいがちに声を発すると、突然その手がぱっとはずれた。

「悪い」

驚いて顔を上げると、彼は小さく万歳をするように両手を上げていた。

大げさな仕草で〝拒否〟をアピールされ、呆気(あっけ)にとられた。

そ、そんなに拒否らなくても、いいじゃない。

だったらなんで手を握ったの？

だけどその後続いた言葉で、私はそもそもの前提を思い出した。

「こういうのはナシだったな」

「えっ？」

彼は座ったまま、上半身を軽くひねって背を向ける。

『こういうの』がどういう意味なのか、彼がどういうつもりで手を握ったのかを考える余裕はなかった。

手がなぜか勝手に動く。

ソファから立ち上がり、離れていきそうになる郁人の腕をつかまえて、引き留めてしまった。

「……あ」

「歩実？」

不思議そうに私を見下ろす郁人に、なにか言わなければと思うのだが。やっぱりこういうときにも発揮するのは、会話力不足ゆえの経験不足で。

「……えー……っと」

なにを思って引き留めたんだった？

そう、まるで、私を慮って触れるのをやめたような言い方だったのが、気になったからだ。

もしかして前にも弾かれたように手を離されたのって、私が嫌がると思ったから、だったのだろうか。

郁人も女性が苦手だみたいなことを言ってたから、てっきりそれが理由なのだと思っていたけれど。

「触れるのは嫌なんだろう？　契約を破って悪かった」

「……いや、あの」

つまり、もし私が嫌がらなければ、郁人はさっきみたいに手を握ったりしたいってこと？

「無理しなくていい」

「む、無理ではなくて！」

また離されそうになって、つい出てしまった声は大きかった。

なんで、こんなに恥ずかしいのだろうか、べつに手を触れられるくらいなんともないと言いたいだけなのに。

しかしどんなに恥ずかしかろうと、ちゃんと言わなければきっと伝わらない、この人には。

きっとかたくなに、彼は私が男の人に触られたくないのだと信じている。

たしかに、男の人は今でも苦手だけれども――。

「歩実？」

「……ど、どういうわけか、郁人に触られるのは……そんな、嫌でも、ない」

郁人の腕を掴んだままの自分の手を見ながら、どうにか言った。

しかし数秒返事がなくて、恐る恐る顔を上げる。

「……郁人？」

郁人は、目を見開いたまま、じっと私を観察していた。

いや、これって、固まってる？

「あ、郁人はやっぱ嫌だよね、女の人苦手って言ってたし」

嫌がられてたとしたら、なおさら恥ずかしい。

私、勘違い女みたい。

慌ててぱっと手を離した。けど今度はその手を、再び郁人が握りしめる。

そのまま、また、私の様子をうかがう目をした。

──もしかして、これは嫌がって固まってるのではなくて、私の反応を見てる？

深呼吸をした。自分の気持ちを確かめるように、彼に触れられている手に意識を集中してみる。

うん、本当に嫌じゃない。

「平気、ほんとに」

それを証明しようと、また微笑んでみせた。

すると、本当になんだかおかしくなってきて、くすっと小さな笑い声まで漏らしてしまう。

「歩実？」

「あはは。なんかいい大人がこんなことでおろおろして、変だなって」

たかが手を握るかどうかだけで、こんなにも慎重になるなんて。

だけどそれは、どうやら郁人の優しさらしい。

「本当だな。まるで中学生だ」

笑う私に彼もつられたのか、わずかに苦笑を浮かべる。その表情を見て、私もうなずきながらまた笑う。

「ふふっ」

結婚してからというもの、新しいことに気づかされてばかりだ。自分がこんなふうに誰かと一緒に住めるなんて、思ってもみなかった。

「ありがとう、郁人」

もともと、触られると怖くてたまらないとかでもない。恋愛感情が湧く相手でもないのに、無意味に触れられたくもないだけだ。

だけど、相手が郁人なら……。

ふとそこまで考えたとき、私の手を握る郁人の手にぎゅっと力がこめられるのを感じて我に返る。

見ると、郁人の目が今まで見たことがないくらい、熱っぽく感じた。

「郁人……？」

視線が交わる。

「嫌じゃないか」

確認するように見つめられて、うなずいた。

これがたぶん、ただ手を握るだけのことを聞かれているわけじゃないことは、なんとなく空気で感じてた。なのにうなずいてしまったのは、やっぱりまだアルコールが回っていたからなのか。

それとも……湧くはずがないとずっと思っていた感情が、湧いてきているから？

手を握ったままで、郁人の顔がゆっくりと近づく。

微かに唇に吐息を感じたすぐ後で、やわらかいものが触れた。

ちょんっと軽く啄(ついば)まれただけ。

「……歩実？」

名前を呼ばれて、もう一度『大丈夫』だとうなずいたときには、ぽうっと頭の中が熱くて、くらくらと目眩(めまい)がした。

こんなことをされても嫌じゃないのは……相手が郁人だから？

それを確かめたくて、もう一度キスしてほしくて、目を閉じる。

すると、今度はさっきよりも長く、しっかりと唇が重なった。

涙が出そうになるほど胸の奥が熱くなる。私は、これが恋なのだと自覚した。

私は、夫に初めての恋をした。

愛人、現る？

今、私の頭の片隅を常に陣取るイメージは、ファーストキスの記憶。なにをしていても、常にそのことが頭から離れなくて、どこかふわふわと浮ついている。

とてもやわらかくて温かかった。そして少し乾いてて……でも何度も啄まれると湿ってくる。

あれから、何度かキスをした。

朝の出勤前と、夜、リビングでふたりで過ごしているときに交わすキスは、いつのまにか日課のようになった。そのキスは、少しずつ深くなっている。

初めて舌で唇を舐められたときは、びっくりして体が跳ねた。いくら未経験だといっても、舌を絡めるキスがあることくらいはもちろん知っていた。

けれど、ただ知っているだけなのと実際に経験するのとでは訳が違った。本当にびっくりしてしまい、私はかなり間抜けな顔で呆然としていたと思う。

そのときは、郁人は唇で微かに笑みをつくりすぐに離れたけれど、それからはまるで悪戯でもするように、キスのときは必ず私の唇を舐めていく。

そして、今。

就寝前にリビングのソファで、私はいつものように本に夢中になっていた。郁人が何度か呼びかけても反応がなかったらしい。とんとんっと肩をつつかれて顔を上げると、もうすぐ目の前に郁人の顔があって驚いた。

「え……」

本の世界から現実へ頭の中がシフトチェンジするのに時間がかかって、気づいたら唇が触れ合っていた。

「……集中しすぎ」

「……あ、ごめん」

「寝不足になるぞ」

そう言って、再び唇を重ねる。

郁人の癖なのか、やり方なのか、いつも最初は触れるだけで私の注意を向けさせて、それから二度、三度と重ねる。二度目、三度目が少しずつ、しっとりと長くなってきているのは、たぶん気のせいじゃない。

啄みながら、唇の合わせを舐められたとき、無意識に私も舌を出してしまった。

「んっ……」

舌先の感覚は驚くほど敏感で、思わず漏れてしまった声は自分のものとは思えないほど甘い。

今までずっと緊張して、口の奥で私のそれは縮こまっていたままだったから、舌同士が触れ合ったのは初めてだった。

この一瞬で、郁人が角度を変えてぐっと噛みつくようなキスになり、より深くなっていく。

口の中で唾液をかき混ぜるような音がした。ほんの数秒、舌同士が絡まってから唇が離れる。

私は呆然としてしまって……いや、ぽおっとのぼせてしまっていたのかもしれない。

「おやすみ」とひと言告げられ、頬をなでられる。それで我に返った。

「お、おやすみなさい……っ」

慌てて部屋に逃げ込んだ。

キスが、こんなにもドキドキするものだなんて知らなかった。

頭がぼんやりしてふわふわして、働かなくなるということも初めて知った。

……なんだか、夢の中にいるみたい。

まさに夢見心地でベッドに潜り込む。そのまますんなりと寝られるかと思ったら、逆にほとんど眠れなかったのだった。

おかげで今朝はすっかり寝不足だ。

しかし私はもともと、プライベートで多少なにかがあっても、仕事に支障が出るタイプではない。

昨年、十年待ち続けたシリーズものの小説続刊の速報を聞いたときも、毎日ワクワクして舞い上がっていたが、仕事はいつも通りきっちりこなした。

社会人なのだからあたり前だ。

しかも今回は……むしろ絶好調と言ってもいい。

朝から超高速タイピングで脇目も振らず仕事をしていると、河内さんが休憩にとコーヒーを持ってきてくれた。

「ちょ。園田さん、なんか鬼気迫る感じで怖いんですけど」

「あ、ありがとう」

「そんなに集中して、私なら後でバテバテになりそう。遊びにもいけなくなっちゃう」

「……私は遊びにいくことがないし」

「でも家事があるじゃないですか。あ、今日はお昼、どっちです？」

河内さんは、私が相づちだけでたいした返事はしなくても、ポンポンと会話を投げてくれる。なので、最近は彼女となら気楽に話せるようになってきた。

ただ、たまにぴょんっと話が飛ぶので、ついていくのに数秒遅れるけれど。

「どっち？　……あ。郁人もお弁当」

「ちぇー、じゃあ、ひとりで外に食べにいってきます」

「一緒に食べてもいいけど」

「嫌ですよ、おふたりのお邪魔虫みたいに見られるじゃないですか」

郁人がいないとき、河内さんは私をお昼に誘ってくれるようにもなった。

そのせいなのか、ほかの女子社員から少し距離を置いてるように見えて心配だったけれど、彼女は飄々(ひょうひょう)としたものだ。

『もともと、気が向いた人としかしゃべってないので』

私のせいでほかの人との付き合いに支障が出てはいけないと声をかけたら、そんなふうに返された。

メンタルが強いのか、自由なのか。

いずれにしても、私はそんな彼女をちょっとかっこいいなあと思う。

「でも、佐々木さんにも意外な一面があるんですね」

「なに？」

「ふたりでお昼とか食べてるところを見ると、学生みたいっていうか……佐々木さんってもっとこう、クールな大人のイメージだったんですけど」

そう言うと彼女は視線を宙に向け、さまよわせた。おそらく、私と郁人が一緒にお昼を食べてるときの様子を思い出しているのだろう。

……たぶん、私のせいかなー。

私が男の人に慣れてないから、郁人の方が合わせてくれてるからだ。

手を握ることすらあんなに慎重にしてくれたのだから、それ以外にもずっとそうして合わせてくれていたのかなと思う。

だって、キスは私と違って最初からかなり余裕があったような気がした。

はじめは、手を握って、触れるだけのキスをして。

私の様子をうかがうように、指で私の手の甲をなでる彼の仕草は、息苦しくなるほど私の心臓を追いつめる。

……それから。

その先のことを思い出しそうになり、キーボードを叩く手を止めた。コーヒーのカップを取って、口に運ぶ。うん、おいしい。落ち着こう。

「なんかスーツが学生の制服に見えるときあるんですよねー、雰囲気が清らかすぎて。ちゃんとやることやってます?」

「……っ、げほっ」

「ちょ、大丈夫です?」

せっかく気持ちを落ち着けてもうひと口含もうとしたのに、急に変なことを言われて咳き込んでしまった。

キスを思い出しただけで動揺してしまうのに、変なことを聞かないでほしい。

仕事に集中しているときはまったく問題なかったけれど、昼休憩にはさすがに昨夜の寝不足がたたり少々眠くなった。

プチトマトのポテトサラダを口に放ったものの、急に欠伸(あくび)が込み上げてきて慌てて片手で口もとを覆う。

どうにか噛み殺したけれど、隣で食べていた郁人にはわかったらしい。彼はくすりと笑って言った。

「ほら。疲れてるのに夜更かしして読むからだ」

違います。あんなキス、寝る前にするからです。

反論したかったけれど、欠伸と一緒にそれものみ込む。

キスの余韻で眠れなかったなんて、そんな恥ずかしいことはとてもじゃないが言えない。

「今日は早めに寝ろよ」

「うん。あ。でも、河内さんと約束しちゃったから外で食べて帰る。郁人は？」

そう言うと、今まで機嫌よさげな表情だったのにきゅっと眉毛が寄った。

「俺は、遅くなる。寝不足であまり飲むなよ」

「大丈夫」

「帰り、俺の方が早く終われれば迎えにいく」

「えっ？　いいよ、そんなの」

私だって自分の体調を見てお酒くらい調整するし、郁人にそこまでしてもらう必要はない。

そう思ったのに、郁人はもう手もとのお弁当に視線を落としアスパラベーコンを箸でつまみ上げていて、私の方はちらりとも見ない。聞く耳を持たない様子だった。

最近、時々結婚契約書の内容をふと考えてしまうときがある。

【お互いの私生活に干渉しないこと。】

【男女として触れ合うことはしない。】

このふたつが守られていないからだ。もちろん、それが嫌というわけじゃなくて……だけど郁人はどう考えているのかそれが気になった。

干渉し合わないというのは、郁人が言いだした条件だ。

男女の触れ合いはなし、は私が出した条件。

どちらも、自然と守られなくなってしまった条件だから、ここは一度修正案を出すべきじゃないだろうか。

条件の中にある、『干渉』という言葉にあまりいいイメージを持っていなかったのだけれど、こうして心配してもらったり気遣ってもらったりすることも干渉のうちに入るのなら、悪いものではないなと思うようになった。

けれどそれを私から言いだすのも、内容が内容だけになんとなく気恥ずかしい。郁人の方から、契約内容の変更を提案してくれたら言いやすいのだけど……なんて思うのは他力本願だろうか。

午後から、郁人は営業と視察に出ていき、言っていた通り定時には戻らなかった。

約束通り河内さんとふたりで食事に出かける。彼女は、以前とはまた違った、今度は赤レンガのかわいらしい建物のお店に連れてきてくれた。

「河内さんは、ほんとにいろんなお店を知ってるのね」

「そうですね、外食大好きなんで」

「……そのわりに、細い」

「そりゃ、おいしいものを食べるために普段は気合入れて制限してるんで」

おお……これが女子力というやつだろうか。

女子って大変だなあ。

彼女の話を聞いていると、たびたびそう思う。

店内も、外観と同じくかわいらしい雰囲気だ。壁は赤レンガで、丸いテーブルには
昔懐かしい洋食屋のイメージで、メニューもハンバーグプレートやオムライス、ス
タータンチェックのテーブルクロスがかかっている。

パゲッティのセットなど。写真付きのリストが綺麗にパウチされていた。

お酒はワインやカクテル、外国産のビールなどが中心のようだ。

……あんまり飲まないようにって注意はされたけど。

ワインの種類が豊富で興味を引かれてしまい、一杯だけのつもりでグラスワインを
オーダーしてしまった。

「で、で。ぶっちゃけ、新婚生活ってどうなんです?」

食事が運ばれてきて、グラスワインも揃ったところで、早速彼女の方から興味津々尋ねてくる。

どうやらこの話がしたかったらしい。

「いや、どう……と言われても」

「ずっと仲悪いと思われてたおふたりが、今やオフィスで一緒にお弁当を食べちゃう仲良し夫婦ですもんね。しかもめっちゃ初々しい雰囲気で。わかんないもんですよねえ」

たしかにその通りで、自分でもたまに思い出して、信じられないような気持ちになることがある。

「園田さんの印象もちょっと変わりましたけど、なにより佐々木さんがちょっと変わったなって思うんです」

「……そ、そう思う?」

私の中でも、結婚してから郁人の印象はがらりと変わった。無表情しか見たことがなかったのが、ちょっとずつ笑顔になっているのがわかるようになってきた。

それは単に私が彼をよく知らなかっただけかもしれないと思っていたけれど、どうやら河内さんから見ても変わったように見えるらしい。どう違って見えるのか、もっと聞いてみたくて、テーブルに身を乗り出す。

「直接仕事に関係なければ、人のフォローをしたりするタイプでもなかったのに。奥さんのためならできちゃうんですもんね」

それは先日の、河内さんをたしなめてくれたときのことだろう。たしかにその一件は私も驚かされた。

「なにうれしそうな顔してるんですか、気持ちわるぅ」

「べつにそんな顔はしてません。ほかには？」

「愛妻弁当とか、絶対嫌がるタイプかと思ってましたね」

「私が押しつけてるわけではないからね」

うれしそうに食べてくれるから、私も張りきってしまうだけだから。念のため注釈をつけてから、オムライスをひと口のせたスプーンを口に運ぶ。

咀嚼しながら今も、自分の口もとが緩んでいることには気がついていた。

「結婚すると人間丸くなるって本当なんですねえ。つまらない」

こんなふうに言われて、私は河内さんの指摘通り浮かれてしまっていたんだろう。

彼が作った契約書の内容を、もうなかったことのように頭の片隅の方に追いやってしまっていた。

自分たちの結婚がどういうものだったのか、それを改めて思い出すきっかけになるのは、食事を終えて河内さんと駅まで歩いている途中のことだ。

通りは賑やかで、サラリーマンや大学生などの飲み会帰りの集団が多く歩いていた。

「あ、あれ、佐々木さんじゃないですか」

隣を歩いていた河内さんが、不意に立ち止まってそう言った。

振り向くと、車道を挟んだ向かいの歩道を指さしている。

「あ……本当だ」

遠目にもわかる。郁人の綺麗な横顔がはっきりと見えた。

「待ち合わせしてたんですか?」

「ううん、今日は終わるのが遅くなるって」

「じゃあ、終わったとことか?」

「さあ……」

今日は河内さんと食事することは伝えてある。

会社はすぐ近くだ。外回りの仕事が終わって自宅に直帰かと思ったけれど、いったんオフィスに戻ったのかもしれない。

「ちょっと、電話してみようかな」

スマホをバッグから出してみたが、彼からの着信は残っていない。

「こっから手を振ってみたらいいじゃないですか。佐々木さーん！」

「ちょっ、そんな大きな声で」

「こんな騒がしい通りですよ、車も走ってるし。大きな声じゃないと聞こえないじゃないですか」

「だから電話で……」

もう一度大声を出しそうな河内さんの二の腕を掴んで止めようとしていると、郁人の方を真っすぐ見ていた彼女の横顔から表情が消えた。どうかしたのかと私も再び郁人の方へ目を向けて、思いもよらないものを見た。

彼は、ひとりではなかった。そのうしろに女性の姿がある。郁人は立ち止まって、彼女を振り向いていた。

その女性は上品なワンピース姿で、どこかの店のショーインドーに気を取られていたようだ。緩くウエーブのかかったミディアムロングの髪をなびかせて彼に追いついて、腕を掴む。

うれしそうな横顔が、彼の体の向こう側に寄り添ったのでもう見えない。

彼の表情も、顔を彼女の方へ向けているからまったくわからなかった。

「あれ、誰です？　社内の女性社員では見たことないです」

「え……わからない、けど」

社内の女性社員をそんなに細かく覚えてはいない。

「あ、あー、親戚とかお姉さんとか妹とか？」

無反応で固まっている私に、河内さんがそう取り繕って励まそうとしているのがわかる。

「あ、でもご家族だったら園田さんが知らないわけないですよね。じゃあ、取引先の人とかですかね」

「うん。そうかな」

そう答えながら、そんなわけはないと思った。取引先の人間が、あんなふうに親しげに腕を取ったりするものか。

それだけじゃなく、私は河内さんの言葉にもダメージを受けていた。

『知らないわけないですよね』

私は知らない。夫婦だけれど、彼の家族を知らないのだ。紹介するような家族はいないと、それだけしか聞いていない。

胸の中を渦巻く焦燥感に、苦しくなって河内さんの腕を引っ張った。

「行きましょう」

「声かけにいっちゃいますか」

「ダメ。取引先なら仕事の邪魔しちゃうことになるでしょう」

自分の声が、以前のように固く感情のこもらないものになっていることに、気がついた。

河内さんにもそう聞こえたのだろう。

「でも、気になるじゃないですか。私なら黙ってませんけど？」

河内さんはそう言うけれど、私は彼女とは違う。私にはそんなことはできない。

予定通り真っすぐ駅まで道を進む。

胸が苦しい。込み上げてくる感情が、鼻の奥を熱くしてツンと涙の気配を呼び寄せる。

「……そんな顔するくらいなら、ちょっと通りかかったフリでもして声かけちゃえばいいのに」

顔には出さないつもりでも、うまくいかなかったらしい。

彼女のあきれた声に、私は口をつぐみ無言を貫いた。

普通の夫婦なら、きっと彼女の言うような行動も許された。

だけど、私たちは違うのだ。

――お互いの私生活に干渉しないこと。

結婚契約書の箇条書きの一行目。

頭の中で消えかかっていたその文字が、新しい印判で押されたかのようにくっきりと浮かび上がっていた。


真っすぐマンションに帰り、ただいまを言う気力もなく、黙ってドアを開ける。人感センサーで明かりがついて足もとが目に入った。

当然、郁人の靴はそこにはない。さっきあの女性と一緒に駅にいたのだから、まだ帰るわけがない。

私は、なんてのんきだったのだろう。

ふたりで過ごす時間の居心地のよさに、忘れてしまっていたのだ。最初から普通の結婚ではない。彼は私に心を許してはいないのに、勝手に好きになって浮かれていた。

自分の部屋に入り、チェストの引き出しからクリアファイルに挟んだ結婚契約書を取り出した。

箇条書きの一行目は【お互いの私生活に干渉しないこと。】とある。

『私生活』イコール彼の女性関係が含まれることは、今さら確かめるまでもないだろう。

それ以外にも、【歩実の家族へは必要に応じて対応する。】というのも気になる。私の家族に対しての義理立ては約束してくれているものの、彼の家族に関することは含まれていないのだ。

【互いの家族へは――】ならば公平な内容なのに。

彼の家族には、私は関わるなということなのだろう。私のことは信用していないのだ。

恋をして、キスをして、すっかり勘違いをしてしまっていた。

私と彼が仮面夫婦であることは、なにも変わっていないのだ。

ツンと鼻の奥が痛くなって涙が滲みかける。

そのとき、玄関ドアが開く音がした。

はっと顔を上げ、慌てて手の甲で目をこする。

「歩実？」

ぼんやりしたままで、この部屋のドアも開けっ放しだった。

開いたままのドアを郁人が軽くノックして顔を覗かせた。

「あ、お、おかえりなさい」

「ただいま。どうした？　玄関も鍵がかかってなかった」

「え、嘘。ごめん」

どうにか笑ってそう答える。

ほっとした。彼も、あの人とはすぐに別れて帰ってきたのだろう。

郁人の視線が、私の手もとのクリアファイルに落ちたことに気がついた。

慌ててそれをチェストの引き出しにしまい込む。

「あ。コーヒー淹れようか。私も今帰ったところなの」

「そうか」

「うん、河内さんが洋食屋さんに連れてってくれて……また女子力高そうなお店でね」

部屋の入口近くに立つ郁人の前を通り過ぎようとした。

けれど、それよりも先に手首を掴まれる。

……あ。

顔を傾けて、彼の唇が近づいてくる。

キスをされるとわかっていたけれど、いつものような幸せな気持ちにはなれなくて、だけど避けることもできなかった。

ふにっとやわらかな唇同士が触れ合う。

そうやってソフトなキスから、様子をうかがうようにして少しずつ深くなる、そんな優しいキスの仕方をする人なのに。

戸籍上の妻ではない、ほかの女性と会っていたりする。

さっき見た彼と、今目の前にいる彼との印象が噛み合わなくて、頭の中が混乱した。

「……歩実」

唇をくすぐられながら優しく呼ばれて、うなずいていいのかわからなくなる。

私と彼はキスをしていい関係なのだろうか。

契約書には、【男女として触れ合うことはしない。】という項目もある。

だけどそれは私が出した条件で、にもかかわらずキスを許してきたのは私なのだ。

いつも通りうなずきかけたそのときだった。

彼の香水以外の、華やかな香りがしたような気がして、その瞬間うつむいてキスから逃げてしまった。

「あ、えっと。コーヒー、淹れる」

動揺しているのに、なんでもないように振る舞うというのは、難しい。

さっきと同じセリフを繰り返し、今度こそ彼の前を通過する。掴まれた私の手首は、彼の手から簡単に離れた。

彼のキスは大好きなのに、もっと触れてほしいと思えるのに、彼が触れるのは私だけではないかもしれないことに気がつくと、こんなにも苦しいものなのか。

郁人も、なにかもの言いたげに私の後からついてリビングに入ってきたけれど、互いにそれ以上核心に触れることはなかった。

これまで、たくさんの本を読んできた。その中に恋愛小説もいくつもあった。こじれるのが恋愛ものの醍醐味で、そういうものほどのめり込んで読んだからか、よく頭に残っている。

読んでいるそのときは、主人公に感情移入して同情したり感動したり、逆に主人公の行動に説教したい気持ちにもなったりした。

今にして思う。

たとえ間違っても、主人公たちはすごい。行動しようとするだけ偉いと思う。

だって、私にはこんなとき、どうしたらいいのかちっともわからない。

ぱたんと読んでいた本を閉じて膝に置くと、ソファの背もたれに背中を預ける。天井のダウンライトを目で追いながら、ため息をついた。

違う。

わからないわけじゃない。

あの女性は誰なのか聞いた方がいいに決まっている。

あの人のことだけでなく、『家族はいないって言ってたけど、どういうことなのか聞いていい?』とか、話を切り出すべきだ。

ただ、聞けない。

だから、わからないなんて言葉に逃げている。

怖くて聞けないのだ、彼は互いの事情に踏み込まないことを望んでいるとわかっているから。嫌われたくない、疎まれたくないと思うから。

その上、あの夜以降、郁人からなんとなく避けられているような気がしていた。話をするときにそこはかとなく感じる距離。何より、キスをしなくなった。

私が避けてしまったからかもしれないけれど……女性の気配を思わせる香水が嫌で、ほんのちょっと唇を避けただけだ。ちょっと気が乗らないくらいに受け止めてくれるかと思っていたのに。

距離を置かれているかもしれない。そのことが余計に私に歯止めをかけて何もできないまま、数日が経過してしまっていた。

「おはよう」

突然声をかけられて、驚いて背もたれから体を起こす。

いつのまにか、郁人がルームウェアでリビングに入ってきていた。

「あ、おはよう。ごめん、気づかなかった」

なにが『ごめん』なんだろう？

悩んでいることになんとなくうしろめたさを感じて、つい口に出してしまった謝罪だ。郁人も不思議そうに首をかしげた。

「コーヒーくらい自分で淹れる」

苦笑いをしてそう言うと、キッチンでコーヒーを淹れ始める。

どうやら、郁人が起きてきたのにぼんやりソファに座ったままのことを、私が謝ったと解釈したようだ。

「歩実も飲むか」

「うん。ありがとう……あ、ちょっと待って」

今はもう午前十一時を過ぎ、もうすぐ昼に差しかかろうという時間だ。

朝起きてから淹れたコーヒーは、少し残ったまますっかり冷えていて、そのカップを持って私もキッチンへと向かった。

「このカップに入れる」

さっと流し台で水洗いをして、コーヒーメーカーに近づく。

音を立てて郁人のカップにコーヒーが注がれ始めたところで、香ばしい匂いがキッチンに漂った。郁人が差し出した手に私のカップを手渡そうとして、指先が触れてドキリとする。

たったそれだけのことなのに、ほんの数秒、私たちの間に妙な空気が生まれた。うつむいた私の旋毛に、彼の視線が注がれているような気がして、どうしていいのかわからなくなる。

早くカップを私の手から取り上げてくれたらいいのに。私も早く自分の手を引っ込めればいいのに、それができなかった。時間にして数秒なのだけれど、頭の中で流れる秒針の音はひどくゆっくりだ。

ごぽ、ぽ……という音と共に、郁人のカップにコーヒーの最後の数滴がしたたり落ちる。それが合図みたいに時間は正常に流れ始めて、彼の手が私のカップを持ち離れていった。

注ぎ口のカップを入れ替えて、ボタンを押すと再びコーヒーが音を立てる。

「朝から、なにを読んでたんだ？」

「え？」

「本」

「あ、恋愛小説。昔のだけど、読み返してた」

「最近、恋愛ものが多いな」

たしかに、このところずっと恋愛ものしか読んでない。

「うん、でも、もう何度も読んじゃったから、新しいの探しにいこうかな」

なにか、隠したままの恋心を見透かされているような気がして、顔が熱くなって額に汗が滲んだ。

「図書館？」

「うん。あ、本屋さん巡りもしようかな」

「俺も行っていいか」

「え」

びっくりして顔を上げる。

相変わらず表情に感情が乏しい彼だが、ちょっとだけ眉が下がって私の様子をうかがっているように見えた。

「ダメか」

「いや、ダメじゃないよ」

けれど……避けられていると思っていたのは、気のせいだったのだろうか。

距離を置かれているわけではなく、キスをしなくなったから私がそう感じているだけだったのだろうか。ただ単にそういうことをする対象が変わっただけかもしれない。

それがあの女の人……？

自分が拒んだくせに、こんな風に勘繰る自分が、嫌になる。

こぼれそうになったため息をどうにかのみ込み、目を伏せた。私のカップに二杯目のコーヒーが注がれ、郁人が私にそれを差し出す。両手で受け取ると、なぜだかとても優しい手つきで、頭をなでられた。

「郁人？」

「昼飯は外で食うか」

「……うん」

たったこれだけの触れ合いがうれしくて、ぽっと心の中が温まる。だけどせつなくて苦しい。

彼女の存在は気になる。だけどこの時間は失いたくない。

人を好きになると、こんなにも寂しいものなのか。なにも知らないことが不安になって、相手のことを心の奥まで知りたくなるものなのか。

なにも失うことなく、彼のことを知りたい。そんなずるい感情が生まれてくる。

傷つくリスクを負いたくなくて、わずらわしいことには関わりたくなくて人付き合いを避けてきた、そんな自分を後悔した。

ちゃんと経験値を積んでいたら、こんなときにもうちょっとは、うまい方法を見つけることができたのだろうか。

一緒に図書館に出かけたときに『新婚さんはいいわね』なんて穏やかな老夫婦から声をかけられた。はた目には、そんな理想的な夫婦に見えているのかと思うとちょっと笑ってしまう。

安定した収入。

家事はちゃんと分担でやってくれて基本自分のことは自分でやる、手のかからない旦那様。

干渉し合わないから喧嘩も起こらず、穏やかな生活。

人に話せばうらやまれるしかないだろう。

相手の心を探ろうとせず目をつむっていられれば、幸せなのに。

人はこうやって、鈍感になることを覚えていくのかもしれないな。

なんて、他人ごとのフリで心理解析なんてやっているうちは、まだ余裕があるってことだろうか。

「最近佐々木さんお仕事大変そうですね」

昼休み、ひとりお弁当を食べる私の隣に、河内さんがコンビニのサンドイッチとテイクアウトのコーヒーを持ってやって来た。

「そうみたいね」

ここ二週間ほど、弁当を頼まれる日がなくなった。帰りも相変わらず遅い。

家にいる時間が少ないのは仕事のせいだと、以前ならわざわざ自分に言い聞かせることもなく信じきっていた。今は、郁人が例の彼女と寄り添う姿がいちいち頭の中に浮かんでくるから、それをかき消すのに忙しい。

あれから、河内さんがその件に触れてくることはなかったけれど、私からもなにも言わないからだろう。

こらえきれなくなったように、その話題を切り出した。

「ねえ、あの女のことなにかわかったんですか？」

「なにかって？」

「だから……」

「取引先の人じゃないのかな？　だからわざわざ聞いてない」

「そんな雰囲気じゃなかったじゃないですか。わかってるはずでしょう？　だからあんな泣きそうな顔してたんじゃないんですか？」

のらりくらりと問題点から逃げようとする私は、河内さんからすればやきもきするのだろう。表情がとてもイラついている。

「……私のとこに帰ってきてくれるなら、それでいいので」

恋愛小説で読んだような、そんな上っ面のセリフを言ってしまった。

べつに、嘘ではない。ただ、『帰る場所は私のところなのよ』ってかっこいいものではなくて『帰ってきてくれさえすれば離れなくて済む』という卑屈極まりないニュアンスだが。

河内さんは、どっちの意味で解釈したのだろう？

わからないけれど、私の言葉に愕然（がくぜん）とした表情で固まった直後。

「……古っ！」

と言われてしまった。

「古いですよその考え！　浮気する男は成敗！」

そしてとうとう、〝浮気〟という言葉が河内さんの口から出てしまう。その単語、聞きたくないし使いたくないから避けていたのに。

「絶対、問いつめた方がいいです」

そう言いながら、彼女は鼻息を荒くしてサンドイッチにかじりついた。

問いつめる。普通の夫婦なら、それでいいのかもしれないが、そもそも私にその資格はないから困っているのだ。

内心は声に出さず、黙ったまま卵焼きを口に放り込んだ。

郁人の好みに合わせて、甘くするようになった卵焼き。それを味わっていると、段々と恨み言をこぼしたくなってくる。

ほかに女の人がいるなら、必要以上に近づいてきてほしくなかった。

私のお弁当が食べたいって言うくせに、図書館に行くと言えばついてきたがるくせに……郁人から手を握ってきたくせに。……キスだって郁人からだったのに。

そう、いつだって、郁人から。

ふとその事実に気がついて、お弁当をつつく箸が止まった。

現状はともかくとして、これまで郁人は私との距離を縮めようとしてくれていた。

なのに、私はなにもしていない。こんな風に腐る資格があるだろうか。

「……私って、ダメだなあ」

「は？」

咀嚼した卵焼きを、こくんと飲み込んだ。

私はまだ、自分の気持ちを伝える努力もしていない。

契約で成り立っていた結婚生活だけれど、そこから少しずつはずれてきていることは郁人だってわかっているはずだ。だったら、ちょっとくらい私の気持ちを言ってもいいんじゃないだろうか。

こんな結婚をしてしまったけれど、気持ちが変わってきたことをちゃんと伝えるべきではないだろうか。

郁人と一緒に暮らすうちに、気持ちが芽生えてしまったのだ……と。

彼女の存在を彼から聞き出していいのは、その後だ。

自分はなにも言わないくせに、相手のことばかり気にしている私は卑怯だ。

「……私、ちゃんと言ってみる」

「そうですよ！　絶対その方がいいですって」

夫婦であるにもかかわらず、まずは告白からなのだということに河内さんは当然気づいていないが、前のめりに応援してくれる。

その言葉に励まされ、私は今夜、実行することにした。

思い立ったが吉日ではないけれど、時間をおけばおくほどきっと勇気がなくなってしまう。

私のことだから、ああだこうだと考えているうちに、いろんな言い訳や理由を思いついて先延ばしにしてしまうに違いない。そのうち、勇気はすり減って実現しないままに現状維持の道を選ぶ。

今までの私なら、きっとそうだ。

だから、【今夜は遅くなる】という郁人からのメッセージが入った後も、私は彼の帰りを待ってリビングで待機していた。

本を広げているけれど、さっきから少しも内容が頭に入らなかった。何度も時計を見ては、スマホの着信を見て、本を読む。

読むと言ってもすぐに郁人とのことが脳裏をかすめてしまうから、内容はさっぱり頭に入ってこない。

告白すると決めたけれど、なんて言えばいいのだろう。

なにから切り出せばいいのだろう。

どのタイミングで？

深く考えれば考えるほど、なにも思いつかない。そうして、もうじき深夜零時を回ろうかという頃だった。

玄関ドアが開いた音がリビングまで聞こえて、どくんと心臓が跳ねる。頭は一気に焦り始める。

——私が話下手なのは郁人も重々わかっているだろうし。きっと、唐突になってしまっても、しどろもどろになってしまっても、ちゃんと聞いてくれる。

そう自分に言い聞かせ、心を落ち着かせた。

私はある意味、郁人を信頼している。受け入れてくれるかどうかはともかく彼は、真剣に話そうとしていることをはぐらかしたり無視したりはしない人だ。

深呼吸をして鼓動がどうにか落ち着いた。そのすぐ後に彼がリビングに入ってきて、私に気づくと、驚いたように目を見開いた。

「まだ起きてたのか」

「おかえりなさい」

ソファに座ったまま、本を閉じる。

彼はジャケットの上着を脱いで、ダイニングの椅子の背もたれにばさりとかけた。いつもよりやや乱暴な仕草が気になって、とりあえず間をつなぐ言葉を探す。

「コーヒー淹れようか?」

「いい。いつも自分でしてるだろう」

「あ、うん」

あからさまに、機嫌が悪い？

こんなことは初めてで、戸惑った。

機嫌の悪い相手に、どう言葉をかけたらいいのかとんと見当がつかず、彼が動くのを目で追う。

テレビの音がどうにか沈黙をやわらげてくれているが、かといって気まずい空気がどうにかなるものでもない。

――どうしよう……告白、という雰囲気でもない。

本を持って、部屋に逃げることも考えた。

だけど、いつもと違う様子にやはり放っておくこともできない。

やがて、キッチンでコーヒーを淹れてカップを手にリビングにやって来た。その表情で、なんとなくだけれど……ひどく疲れて見えた。

私が座るソファに腰掛ける。

決して面倒がられているわけではなさそうだ。

「……こんな時間まで読んで、大丈夫か」

私の膝にある本に目を向けて、ふっと苦笑いをした。その瞬間に彼も少し気を緩めた気がして、ちょっとほっとする。

「あ、うん。そんな真剣に読んでたわけでもなくて」

私が本をテーブルに戻してそう言うと、彼はなにを思ったか私の顔を覗き込んだ。

「なにかあったか？」

「え？」

「いや。読書に夢中になってたわけじゃないなら、用があって待っていたのかと思った」

途端にうろたえた。

ただでさえ緊張しているのに、一度出鼻をくじかれたのだ。すぐに言葉なんて浮かばない。それに、こんな疲れた様子の郁人に告白しても……彼だって、それどころじゃないかもしれないと迷った。

「あ、えっと」

いや、だけど、ただ疲れているだけなら、私の気持ちだけでも今伝えてしまおうか。

いやいや、そんなのは自己満足……のような。

それでも一大決心をして待っていた今を逃すと、次はないかもしれない。私にまた勇気が出るという保証はない。

混乱を極める私に、郁人の眉が心配そうに寄せられた。じっと目を見つめられ、なにか、なにか言わなければと追いつめられて。

「……な、んでもない、けど」

——くじけてしまった。

こんなふうに、純粋に心配する目を向けられたままで言葉をひねり出すのは、難易度が高すぎた。

どっどっどっと忙しなく鼓動を打つ心臓のせいで、息も上がる。極限状態だ。なのに、郁人はまだ疑いの目を向けてくる。

「……歩実?」

「なんでもない、ほんとに。あ、最近、とくに遅いから、ちょっと心配だっただけ。体とか」

嘘ではない言い訳がうまいこと見つかって、するりと口から出た。

それでようやく、郁人も納得したらしい。

うなずいて、覗き込んでいた体勢から上半身を起こす。

それから不意打ちのように、軽く口もとを緩ませた。

「……心配かけた。大丈夫だ」

『ありがとう』と目が言ってくれているような気がする、そんな優しい眼差しだった。

不思議と私も、ほうっと体の余計な力が抜ける。

「大丈夫なら、いいけど。ご飯はちゃんと食べてる？」

「ああ。悪いな、仕事が立て込んでて、気を使わせた」

ふるりと頭を振る。

ほっとして、心が温かくなった。

「郁人も、いつも私の心配してくれてるでしょう。おあいこだよ」

余計なことだと言われなくてよかった。彼も「そうか」と温かな表情を向けてくれる。

『干渉』といえば言葉は悪い。だけど『心配』や『気遣い』と言い換えるだけで全然違う。

そういうことが、下手なりにできる関係が自分に築けたことがうれしい。それが、郁人でうれしい。

そんな感情が、私の背中を押した。

疲れてる郁人に、今は無理に告白しなくても、言える言葉はある。

「……結婚したのが、郁人でよかった」

郁人でなければこんなふうには思えなかった。

緊張はしたけれど、素直な気持ちがするりと言葉になって出ていた。

途端、郁人が大きく目を見開く。しかも、私を見下ろしたままピキッと固まった。

え……そこまで、驚かなくても。

そんなに唐突だっただろうか。私の方がびっくりするほど、郁人の表情がものすごく驚いたものになっている。

「……あの、郁人？」

なにも言葉がないままじっと見られているだけなんて、居たたまれない。後悔と汗が滲み出てきた。ついでに涙も出てしまいそうだ。

やっぱり、慣れないことはするものじゃない。

「そんな、びっくりするようなこと言った？　深い意味はなくてね、私みたいなのが結婚できたのって、郁人のおかげ。郁人みたいな奇特な人がいなかったら無理だったなーって」

笑ってごまかそうとすればするほど、早口になった。

しかも、せっかく告白に近い言葉を言えたのに、それを台無しにしてしまいそうなことを口走っている気がする。

ダメだ。もう逃げよう、今日のところは。

「じゃあ、そろそろ寝る。ごめん変なこと言って」

とりあえず、この結婚を後悔してない、よかったと思ってるということは伝わってるはずだ。今夜のところはこれでいいことにしておこう。

どうにか笑顔をつくって、テーブルの上の本を手に立ち上がる。

いや、立ち上がろうとした。

そのとき突然、腕を掴まれて引き留められる。

今度は私の方が驚いて、手から本がすべり落ちた。

ばさっと音を立ててふたりの足もとに落ちた本を、慌てて拾おうと腰を屈める。すると同じように郁人も屈んでいて、前髪が触れ合ったくらいのところでお互いぴたりと止まった。

その瞬間、私の息も止まった。

既視感のある状況だと、頭の隅っこで思う。

恋愛小説でよくありがちなシーンだからだろうか。

けれどたとえ王道と言われようと、実際に体験したらやっぱり何事もなかったようには、できなくて。かたくなに足もとの本に目を向けたまま、不自然な状態で固まってしまった。

一度キスを避けてから、距離ができてしまっていたから余計になのかもしれない。

……本、取らないと。

そう思っている間に、先に郁人の手がゆっくりと動きだし、本を拾い上げた。

「あ……ありがと」

差し出された本を受け取る。けれど、郁人との距離が近すぎて、再び立ち上がろうとするなら、取られたままの腕を振り払って彼を押しのけなければいけない。

それをためらっていると、突然強い力で抱き寄せられた。

「ひゃっ⁉」

固い体の感触がスーツ越しに伝わる。驚いて変な悲鳴が出てしまった。

キスは何度もした。その延長上で、軽く抱き寄せられるような姿勢になったこともある。

だけど、こんな荒っぽいことは初めてで、否応なしに私の体は固くなる。

背中を回り、肩を掴む郁人の手がとても強い。ふたりの体の間で、私の手が所在なく戸惑っていて文庫本を強く握りしめた。

「ちょっ、郁人、あの――」

やめて――と言葉が続くより早く、私の肩口に顔を埋めた彼の声が聞こえた。

「……俺も」

ほうっと長く息を吐き出しながらの、短いつぶやきだった。私の首筋に顔をすり寄せながら言葉が続いた。

「歩実と結婚して後悔してない」

そう言うと、さらに腕が強くなる。ぎゅっとより密着して、逸る心臓の音が彼にバレなければいいと思った。

私はこれだけでもういっぱいいっぱいなのに、郁人はさらに、私の首筋で大きく深呼吸をする。

まるで私の匂いを吸い込んで、存在を確かめているような抱きしめ方だった。

「歩実……」

私の名前を呼ぶ声は、私の返事を待っているようにも聞こえない。

こんなふうに抱きしめられて、驚きはしても嫌なはずはなくて。ただ恥ずかしさが先行して、体が熱くなる。

逃げ出したいほど恥ずかしいのに、離れたくない。ふたつの衝動に自分自身が翻弄されながらも、なにかいつもと違う彼の様子が気になった。

「ね……なにかあったの？」

問いかけに数秒の無言がある。

「……いや」

「ほんとに？　なんか変だよ」

今の間はなんだ。本当に、なにか変だ。

本を放り出して彼の背中に手を回し、抱きしめ返したくなる。それほどに、すがりつかれているような気にさせられる。だけど迷っているうちに、彼が腕の力を抜いた。

「郁人？」

「なんでもない。……慣れないことを言うもんじゃないな」

解放されて彼の顔を見上げれば、たしかにちょっと、照れたように視線をはずしている。

本当になんでもないの？

じっと彼の顔を観察していると、瞳が動いて視線が私に戻ってきた。そして、まるでそんなに見るなと言わんばかりに、唇が寄せられる。

久しぶりのキスだった。

今までのキスと少し違ったような気がする。

これまでは、慣れない私に合わせて様子を見ながら。そんなゆったりとした穏やかさは、今は感じられない。

息苦しさを覚えるほど執拗で、熱い。うしろにのけ反る私の背中を支えた腕も、肩を掴む手も力強かった。

私はただただ、手にしている本を落とさないようにぎゅっと握りしめているしかなくて、口の中に深く入り込む舌に翻弄される。

頭の中が溶けてしまいそうで、怖い。けれど逃げたいとも思わなくて、震える膝に力を入れる。長いキスが終わった直後は、力が抜けてそのまま郁人の胸にもたれかかってしまった。

私の体を受け止め、息が整うまで抱きしめてくれていた郁人が、小さくつぶやいた。

「……離さないって決めた」

熱い息と共に耳に響くその声は私の胸を温め、目を閉じた拍子にぽろりと涙がこぼれる。

ずっとそばにいていいってこと。郁人も、そう望んでくれているって、思っていいんだよね？

これ以上、たしかなことなんてない。郁人を信じていいんだと思ったら、心はただただ安心感で満たされた。

翌日、オフィスではいつもと変わらず平静を保っているつもりなのに、河内さんはなかなかに鋭い。

「園田さん、なんか今日、落ち着きないですねえ」

「そう？　気のせいだと思うけど」

「そうですかあ？」

素知らぬフリでお弁当を食べる私の顔を、ひょいっと覗き込む。

「例の彼女のこと、ちゃんと聞けました？」

うぐっと卵焼きが喉に引っかかりそうになった。

返事のできない私に、河内さんの眉がひそめられる。彼女にしてみたら、予測通りだったのだろう。

昨夜、聞きたいこともなにもかも、まずは自分の気持ちを打ち明けてから。

そう思って挑んだはずだったのだが、勢いを遮断されたり思わぬ形で郁人の気持ちが聞けて舞い上がったりで、そこから先がすっぽり抜けてしまった。

せっかくあんな空気になったのだから、改めて『好きです』くらい言えばよかったし、あの女性のことも聞けばよかったのに。間が抜けている話だと思う。

『離さないって決めた』

とろけた頭には、その言葉は甘い響きにしか聞こえず、そのまま腕の中で浸ってしまっていた。あれからたびたび脳内で勝手に反芻（はんすう）されてしまうその言葉は、ただうれしいだけでなく、私に小さな引っかかりを覚えさせた。

よくよく思えばあの言い方では、離さなければならない可能性もあったようなニュアンスにも感じられる。

考えすぎだろうか。

こういう状況に慣れないから、悪い方に考えてしまいがちなのかもしれない。

「もー、聞かないとダメですってば」

「うん。近いうちに聞く、ちゃんと」

河内さんの言葉にしっかりとうなずいて、空になったお弁当箱の蓋を閉めた。

私が意外にも臆さずにうなずいたので、彼女はちょっと驚いたような顔をした。

大丈夫、次はちゃんと聞ける。そう思った。

『結婚したのが、郁人でよかった』

『離さないって決めた』

気持ちを伝えるには不十分だったかもしれないけれど、これまでの私たちから考えると、上出来じゃないだろうか。言葉足らずの私たちにしては大きな進歩だ。ちゃんと私たちは、前に進めている。

だから干渉し合わないというルールを破り、もう一歩踏み込んでみよう、今度こそ。

そう改めて決意したというのに……事態は待ってはくれないものだ。

パソコンの画面端にある時計表示に目をやると、定時少し前くらいだった。内線が鳴って、河内さんが受話器を取る。

それからすぐに、私に言った。

「園田さん。佐々木さんを訪ねてお客様が受付に来られてるみたいですよ」

「そうなの？　たぶん、今日は戻らないんじゃないかな」

壁のホワイトボードに書かれた郁人の予定は、訪問先の会社名がいくつか連なった後に直帰となっている。会社に訪ねてくるなら取引先の人かと思って、そう返事をしたのだが。

「お身内の方みたいです。どうしてもお会いしたいらしくて、園田さん行ってもらっていいですか？」

「えっ、誰？」

思わず声が大きくなった。

身内とは、親戚とか家族という意味だろうか。それはまずい……私は郁人の身内のことなどなにひとつ知らない。というか、紹介するような家族はいないと郁人は言っていた。本当にまったくゼロの天涯孤独なのかどうか、そこまで突っ込んで聞いたことはなかったけれど、

「さあ……身内としか言わないそうで。でも身内の方なら園田さんが見たらわかりますよね？　お願いします」

夫婦なのだから、相手の身内くらい知っているのが普通だ。河内さんの判断は間違ってない。私は、仕方なく来客ブースへと向かった。

その途中で郁人に連絡してみたが、呼び出し音が鳴っても通話にはならない。

……私が対応するしかないよね。

どういう身内なのかわからないが、ひとまず同僚のフリで彼は今外出中だと説明するしかない。受付でその客人のいる来客ブースの番号を聞き、そのブースの入口で私はぴたりと足を止めた。

そこには、あの日郁人の隣に寄り添っていたあの女性がぴんと背筋を伸ばし隙のない様子で座っていたのだ。

「あ、あの……」

すぐに目が合ってしまい、頭の整理をする暇もない。途端、考えていたセリフが全部飛んだ。

「突然申し訳ありません、本人になかなか連絡が取れないものですから……あの、佐々木郁人さんはいないのでしょうか」

とても女性らしい、ソプラノの声だった。

遠目に見ても綺麗な人だと思っていた。けれど間近に見れば、思っていた以上だ。整った顔立ちは目尻が少し垂れてふんわりと優しく甘い。そんな美しい人が、真っすぐに私を見て微笑んでいる。

心臓が、息苦しいほどに激しく鳴り始めて、表情を取り繕うのに必死だった。

頭が働かない。

「……佐々木はただいま、外出中です。どういったご用件でしょうか？」

「ですから、会いたいんです。いつ頃戻られます？　連絡を取っていただきたいんです」

おそらく受付でも何度も聞かれたことなのだろう。少し苛立ったように彼女は眉根を寄せる。しかし、会いたいという理由だけでは、ここにいない本人をわざわざ呼び出すわけにはいかない。

そもそも、ただ本人と連絡が取れないというだけで、わざわざ会社にまで来てしまうのはどうなのだろう。

「すみません、今日は直帰の予定になっておりまして」

「だったら連絡を取ってください。さっきからなんなの？　ずっとそうお願いしているのだけど」

「携帯にかけてはみたのですが、つながらないんです。商談中ですとすぐには連絡がつかないこともありますので……」

もうじき定時も過ぎる。

緊急という様子でもない。

普通ならいくら身内とはいえ、ただ『会いたい』というだけでこんなふうに会社にまで来たりはしないと思うのだが、これが当然だとでもいうように堂々たる態度に、自分の感覚がおかしいような気になってしまう。

いや、でも。やっぱりちょっと、普通じゃない。彼女の方が。

「あの、お身内の方とのことですが、お名前をお伺いしてもよろしいですか？」

これくらいのことは、会社を訪問してきた人に聞くのは当然のこと……だよね。

だから詮索したことにはならないはず。そう思っても、なぜだか手が震える。

「常盤かすみと申します」

「どういったご関係でしょう？」

どうにか唇に笑みは浮かべられたと思う。

だけど私のそんな不自然な微笑みよりも、ずっとずっと綺麗な笑みを浮かべて彼女、常盤さんは言った。

「婚約者です。大事な話があるのよ」

「……婚……」

婚約者……？　誰の？

当然、会話の流れから考えても郁人の婚約者だと、そういう意味にしか聞こえない。

一気に頭が混乱した。

だって、そんなはずはない。彼はすでに結婚しているのだ、私と。

戸惑って、なにをどう言おうかうろたえているうちに、ふと彼女の視線が私の胸もとにある社員証に向けられる。

それから目を見開いて、再び私の顔を見た。

「……園田歩実さん？　もしかして郁人さんが結婚してしまった人？」

私にとっては続けざまの驚きだった。

私と結婚しているはずの郁人の、婚約者。そして彼女は、私たちの結婚の事まで知っているらしい。さらにはまるで、そのこと自体が間違いであると言いたげだ。

いきなり修羅場に放り込まれたような展開に、喉がなにかに塞がれたみたいになかなか声が出てくれない。

けれどショックを受けながらも、どうにか平静を装った。

「妻の歩実と申します」

声を絞り出す。背筋を伸ばして一礼をしてから、きゅっとおなかに力を入れて続けた。

「主人の婚約者とは、どういう意味なのでしょうか？」

手の震えが顕著にひどくなる。それを悟られたくなくて、両手を揃えて握り合わせた。

彼女、常盤さんは相変わらず目を見開いていたけれど、数秒が過ぎて余裕を取り戻したのか微笑みを浮かべる。

「そのままの意味よ。私が本来の婚約者なの。……といっても、彼の方は嫌がっていたのだけれど」

ひょいっと肩をすくめて悪戯に笑う彼女は、女の私から見ても美しく魅力的だった。

「……嫌がって？」

「そう。安心した？　愛し合ってたわけじゃないの。私だって彼に嫌がられていることくらい理解してるわ。けどまさか、回避するためにほかの女性を探してきて先手を打っちゃうとは思いもよらなかったけど」

心臓の鼓動が、痛いほどに速くなっていた。

嫌な感情が胸の奥で渦を巻く。

「回避するため……？」

「そうよ。あなたも思いあたる節があるんじゃないの？」

私と郁人だって、愛し合った上での結婚ではないのは最初からわかっていたことで、今さら衝撃を受けることでもない。だけど、理解してしまった。たとえ愛情はなくとも、結婚してもいいと思える相手に私を選んでくれたのだと思っていた。

違ったんだ。なんらかの事情があって、彼はこの人と結婚しなければいけない状態にあった。それから逃れるために、急いで結婚したということだ。

とにかく早く籍を入れたいと言っていた。

結婚式はできないと言っていた。

紹介できる家族はいないと言っていた。

それらの理由が、全部わかったような気がした。

「郁人さんも、ひどいことするわね」

「え？」

「だってそうでしょう。彼の立場からしたら、このままあなたと結婚は続けられないはずよ。ワガママは許されないわ。私だって、彼を愛しているわけじゃないけれど、常盤家に生まれたからには、政略結婚させられることも覚悟しているの。彼だってそう。当然そんなことわかっているはずなのに……まさか、こんな無責任なことをするとは思わなかった」

眉をひそめた彼女が、憐れむような視線を私に向ける。

政略結婚って……この人と同じように、郁人もそんな結婚を迫られるような家の人ということだろうか。でも、私に紹介するような家族はいないって。

私だけが、何も知らない。そのことに、言いようのない疎外感と寂しさで胸が痛んだ。ぐにゃぐにゃと、地面がゆがむ。膝に力が入らず、立っているのがやっとの状態だった。

……この人に、弱ったところなんて見られたくない。

ぐらりと体が傾きそうになるのを、その思いだけでどうにか踏ん張って耐えていた。愛されて結婚したわけでもない。真っ当な妻でもないのに、そんな意地やプライドのようなものが自分の中にあることに驚きながらも、今どうにか姿勢を正していられるのはそのおかげだ。

真正面から彼女を見据える。口もとに余裕の笑みを浮かべた彼女を見ると、頭に血が上りそうになる。

その表情はどう見ても、私を下に見ていた。

かっとなったら負け。声を荒らげたら負ける。もとより私には、言い返せるだけの話術も情報もないのだから。

そのときふと、ある考えが頭をよぎった——今なら彼女から、私が聞いてない郁人のことを聞けるかもしれない。

「……紹介するような家族はいないと彼から聞いてます」

どうにか声は震えずに済んだだろうか。

郁人のいないところでこんな話を聞き出そうとしていることに、罪悪感がありながらも誘惑に勝てなかった。

郁人に知られたら、嫌がられるのはわかっているのに。

「政略結婚というのは、家の……事情ということでしょうか。どういった家なんでしょう」

意思に関係なく婚約を迫られるような家ということは……お金持ちの家系とか。旧家とか。私に想像できるのはそのくらいだ。

紹介するような家族がいないというのは、私の感覚からして直系の、両親や兄弟姉妹、祖父母がいないという意味だと受け取っている。

話そうとしないのは、そのことでつらい思いをしたのか寂しい思いをしたのか、きっとなにか理由があるに違いない。いつか、彼が話してもいいと思ってくれたら聞かせてくれるはず。そう思うことにしていた。

てっきりほかの親戚とは疎遠で、だから紹介する相手がいないのだろうと。

だけど、そういうわけではないらしい。

むしろ、疎遠になりたいと郁人が思っている？

だから婚約者を無視して結婚することにしたのだろうか。

彼女からの返事を待つ間に、そんな考えが頭を巡る。

しかし、彼女は数秒私を観察するように見つめた後、口角を持ち上げ笑みを深めた。

「あなた、なにも知らないのね」

「そうですね、なにも知りません」

開きなおった言葉しか出てこない。

事実だからそれ以上、どう言うこともできない。

だけど、いくらなにも知らなくても、結婚しているのは私の方なのだから、萎縮することはない。

そう自分に言い聞かせて冷静さを保った。

もし離婚を強要されても、私と郁人の意思が必要だ。郁人が彼女との婚約を望んでいないのなら、なにも心配ないはずだ。

そのはずなのに、郁人から嫌われていると自覚している彼女はとても余裕で、そのことが私の不安を煽ってくる。

「そうよね、知らないから平然と彼と結婚できたんだと思うし」

「どういう意味ですか？」

「けれど、先のことは考えておいた方がいいわよ」

私の質問にはまるきり答えるつもりはないようで、さらに意味のわからないことを言う。

不快感が込み上げた。

「先のこと?」

眉をひそめて尋ねる。

すると彼女は、当然のことのように口にした。

「偽装結婚を持ちかけられて、金銭面かなにかであなたもメリットを感じたから、契約したんでしょう?」

カッと頭に血が上る。今度こそ、感情的になるのを止められなかった。

「違います!」

たしかに最初、変なお見合いだなあと思って『契約的な結婚なのか』と尋ねた。

でも、彼はそうじゃないと言っていた。

恋愛感情があったとは言わない。けれど、私だから結婚をしたいと思ったと言ってた。彼は、そう言ってくれたのだ。

声を荒らげてしまった私に、彼女は不快そうに眉をひそめる。

私はすっかり感情が高ぶってしまいそれ以上言い返す言葉が思いつかないけれど、引き下がるのは嫌だった。

深呼吸をして気持ちを落ち着けると、真っすぐに彼女を睨み返す。

この人、さっきからすごく失礼だと思う。言葉遣いは丁寧でも、口調や目つきから私をバカにしているのは伝わってくる。

会ったばかりの相手に見せる態度じゃない。私を郁人の結婚相手だと知る前からもなんとなく見下されているのはわかったし、きっと普段からこういう態度なのだろう。

しばらく睨み合った後、彼女の方がふっと口もとをゆがめて笑った。

あ、またなにか嫌な言葉が飛んできそうだと察知して身構えた。

「そう。じゃあ、今日私に会えてよかったわね」

意味がわからず、眉間に力を入れて尋ねるような視線を向ける。

彼女はまったく悪びれない、綺麗な笑顔で言った。

「なにも知らないで準備もないまま、別れを切り出されたら困るでしょう?」

「……っ、そんなことにはなりません。郁人はそんな人じゃ」

「悪い人じゃないと言いたいんでしょ? 彼がどうという問題じゃないの。そうせざるをえなくなる、それだけのことよ」

目を伏せて、彼女は手もとのスマホを見てなにかを確認した。

それから、すっと立ち上がる。

「帰るわ。あなたと話ができたし、それでよしとしましょう」

「え、ま、待ってください」

中途半端に気になる情報だけ聞かされて、咄嗟に引き留めてしまった。

「彼の家って、どういう家なんですか」

結局、そこが聞けてないのに。

だけど彼女は、つんとそっぽを向いた。

「どうして私がわざわざ教えてあげないといけないの？　自分で聞いてみたらいいでしょう。でもそしたらそこで、あなたたちの関係も終わりに向かっていくわね、きっと。あなたには話したくないから彼は黙っていたのだろうし」

私の横を通り過ぎながら、そんな言葉を残していく。

どういう意味？

聞いたら、別れ話になってしまうっていうこと？

振り向いて、来客ブースの中から彼女の背中を見送る。ぎゅっと胃が重く痛むのを感じ、おなかを両手で押さえつけた。

私が妻なのに、なにも知らないことが悔しい。

見下したような彼女の態度に余計に腹が立つ。

そんな激情が心の中で渦を巻いていて、目眩を起こしそうだった。胸が焼けつくように苦しくて、深呼吸を繰り返す。

彼が、自分の過去や家族のことに触れられたくないのはわかっていた。最初は、そんな関係が楽だと思ったから、この結婚を私も彼も選んだのだ。

だから私に、郁人を責める筋合いはないのだけれど……。

いや、でも、さすがに婚約者の存在くらいは情報として聞いておきたかった。

それとも私たちが結婚したことで、その話は破談になったつもりだったのだろうか。

どちらにせよ、こうなればさすがに郁人と話をしなければいけないと思う。現実に私の前に婚約者を名乗る女性が現れたのだから、触れないわけにはいかない。

「はー……」

嫌な感情を追い出すように深く息を吐き出して、彼女から遅れて来客ブースの外に出る。突然、河内さんの声がした。

「園田さん。身内って、あの人？」

顔を上げれば、定時になってぱらぱらと退社していく人の中で立ち止まっている河内さんがいた。

「あの人、親戚の人だったってことですか？」

「えー……っと」

咄嗟にごまかす言葉が出なかったせいで、察した河内さんの目尻がつり上がり、険しい表情になる。

「もしかして、やっぱり佐々木さんの？　なにしにきたんですか。嫌がらせ？」

「や、嫌がらせってわけではなさそう。だけど……」

嫌な思いをしたことには変わりないが、彼女は最初からそれ目的で来たという感じではなかった。ただ単に郁人に会いにきて、不在の彼の代わりに私が対応したってだけだ。

「びしっと言ってやりました？　私が妻だって！」

「ちょ。河内さん、声のトーン抑えて」

ロビーにはまだ人が行き交っている。誰が聞いているかもわからないのに大きな声を出さないでほしい。

「ほんとに大丈夫だから」

　さすがに、婚約者が現れたとは説明できない。決して大丈夫なわけではないのだが……それ以上、言いようもなかった。

　けれど、それが河内さんにとっては余計に苛立つものだったらしい。いっそう眉がひそめられ、その表情は剣呑なものになった。

「経理の鉄仮面が、情けない」

「は？」

　覚えのないネーミングに、なにか聞き間違えたかと思った。

「園田さんが経理にいたときのあだ名ですよ。まったく融通の利かない鉄仮面がいるって」

　彼女は同情してくれているわけではなく、どうやら私に怒っているようで。しかも、平素なら笑ってしまいそうなおかしなあだ名を言う。

「ちょ……悪口にしか聞こえないんだけど」

「だって、あだ名ですから」

　ただ真面目に仕事をしていただけなのに、まさかそんなおかしなあだ名をつけられていたとは。

そのことに少々ショックを受けながらも、今はそれよりも河内さんの方が気になる。彼女が怒っているのは、私を心配してくれているから。それはよくわかっていた。

いや、でも、鉄仮面？

「どんな小さなミスも不備も見逃さない、執拗に追及してくる経理の鉄仮面も、旦那の女性問題には逃げ腰なんて。いいんですかこれで。悔しくないんですか？」

なぜだか彼女の方が悔しそうで、目に涙すら浮かびそうなほど感情的だった。まさか河内さんが、私のためにこんなに怒ってくれるとは思わなくて、うろたえてしまう。

「か、河内さん？」

「……すみません。部外者の私が怒ることでもないですね」

謝りながらも、彼女はまったく納得しているようには見えない。ぷいっとそっぽを向いて、会社の外へと出ていった。

「……鉄仮面てひどくない？」

ぽつりとつぶやく。さっきまで常盤さんのことでショックを受けていたのに、なんだか毒気を抜かれた。

……経理にいた頃の私、そんなにしつこかったかな。

必要な答えを求め、皆に適切な書類の提出を促していただけなのだが。それは他人から見て融通が利かないと判断され、鉄仮面と揶揄されることになっていたらしい。

そのことにべつに腹は立たないし、もとより周囲から浮いてる身としては今さらだ。

けれど、河内さんに言われて少し、その頃の自分を思い出した。

仕事であれば、必要事項の追求などためらわずにできるのに。

それ以外のことになると、私はてんでダメだ。けれど、今はダメだろうとなんだろうと、郁人の事情に踏み込まなければならない。

これは結婚という契約を維持するために必要な、言わば『業務』だ。そう考えてしまえば、ちょっとはうまくやれそうな気になってきた。


テレビを流し見ながら、リビングのソファで例の結婚契約書を挟んだクリアファイルを手に郁人の帰りを待つ。

今夜も、遅い。今までは深く考えなかったけれど、いくら仕事の多い人だからといって、こう毎夜毎夜、零時近くになるのはおかしい。ような気がする。

……彼女に会ってるのだろうか。

だけど、頻繁に彼女に会ってるなら、今日のように会社に乗り込んでくることはない気がするけれど。

そのあたりのこともうまく聞けたらいいが、まず第一は彼の家族関係について聞くのが最優先だ。

頭の中で聞き出す内容の優先順位の確認をして、ひとりうなずいていたとき、玄関で音がした。

「ただいま。……どうした？」

リビングに入ってきた彼は、ソファから立ち上がった私の顔を見て、怪訝そうに眉を寄せる。

「おかえりなさい。話があって」

「話？」

ダイニングテーブルの椅子にビジネスバッグを置く。いつもならそのままキッチンにコーヒーを淹れにいく彼だが、今は真っすぐ私の目の前まで来た。

その彼に、私は手にしていたクリアファイルを差し出した。

「私たちの結婚について」

ファイルの中身を取り出してそれが結婚契約書だとわかると、郁人は訝しげに目を細め、再び私を見つめた。

「急に、いったいなんの話だ」

「いくつかの契約違反があります。今一度契約内容の再考を要求します」

　これは、必要なこと。契約に関することなのだからと自分に言い聞かせたせいか、必要以上に固い声での宣言になってしまった。

『お互いの私生活に干渉しない』という前提を無視して彼の事情に踏み込むには、この契約書を持ち出して話をするのが一番だ。さらに、契約違反を持ち出して『契約内容の変更』という名目にすれば、仕事をしているときの自分のペースで切り出しやすいかと思った……のだが。

　数秒の沈黙が降りる。郁人の方は、ぽかんと口を開けて私を見ている。

　……この切り出し方は、失敗だっただろうか。

　この後の展開をどうしようかと考え始めたとき、郁人が動く。

「契約内容の再考、ということだが」

　声音でわかる。

　郁人も業務モードに入ったようだ。

「はい」と神妙にうなずくと、郁人がソファに腰掛けて結婚契約書に視線を落とす。

　ぽんと片手が隣の座面を叩いたので、私もそこに座った。

「それは、契約違反はあったが結婚生活はこのまま続けていく意志があると受け取っていいのか」

「もちろん、そのための再考です」

当然だ。しっかりうなずいてみせると、彼の表情がほんの少しだけ、ほっとしたように緩んだ気がした。

その表情に、なんだか少し気恥ずかしいような、照れくさいような感情があふれて目を伏せてしまう。

いや、いかん。

こんなことで気を緩ませている場合ではない。

私は今から、郁人に契約違反を指摘して彼の事情に踏み込む権利を得なければならないのだ。

本当なら、郁人だけのせいではない。違反を……キスを受け入れた私自身にも責任はあるのだけれど。

私はどうしても、郁人のプライベートに立ち入る権利が欲しかった。だから、ひとつの違反を指摘して、それを理由に契約内容の再考を彼にお願いすることにしたのだ。

郁人の家族や親戚のことは、知られないように調べることだってできる。

だけど、そんなやり方をして知りたいわけじゃない。

仮面夫婦でない、ふたりになりたい。ふたりの間にある壁を取り払いたい。

彼の事情に手を伸ばしていいという、彼の許可が欲しい。

私のことも、知りたいと思ってほしい。以前は魅力的だった『干渉しない』という言葉が、今はとても寂しく感じられた。

だから。

どう切り出そうかと、膝に置いた手をぎゅっと握り合わせたときだ。

「……契約違反については、改める。嫌な思いをさせたなら悪かった」

郁人が、神妙な声でそう告げる。

彼を見ると、書面に目を落としたままだ。その指は、契約事項のある一点の上で留まっていた。

【男女として触れ合うことはしない。】の一文を差す指先に、慌てて首を左右に振った。

「嫌だったわけじゃないの」

「この間もこれを見てなにか悩んでいただろう。このことが言いたかったんじゃないのか」

「そう、だけど。だから……契約内容の再考を」

訝しげに眉をひそめる彼は、私の言葉の続きを待っている。

顔が火照って熱くなるのを無視して、どうにか声を絞り出した。

「い、嫌じゃない、から。その部分の修正を、お願いしたいの。一緒に暮らして、必要に応じて変えていくのは大事でしょ？　……私が嫌じゃないペースで、だけど」

「嫌じゃないペース？」

恥ずかしいから曖昧に言葉を濁していると、なかなかはっきり伝わってはくれない。ちゃんと言わなくちゃという気持ちと羞恥心がせめぎ合い、追いつめられたように焦って言葉を紡ぐ。

「キス、嫌じゃなかったっ……」

震えた声でそう言うと、彼は目を見開く。

「男の人が苦手だったけど、郁人は嫌じゃなかった。触られるのも、キスも」

「……無理は」

「してない。……郁人が嫌じゃなければだけど」

「……嫌なら最初から触れてない」

膝の上に置いた私の手に、郁人の大きな手が重なった。温かくて安心するのに、ドキドキする。この手のぬくもりを失わないために、精いっぱいのことをしたい。

改めて覚悟を決めると、私は次の提案をたたみかけた。

「そ、その代わりじゃないけど！　私からもう一点、改善したい部分があります」

「もう一点？」

大きく深呼吸をして気持ちを落ち着かせる。それから静かな声で一言一句、丁寧に、彼の目を見て言った。

「お互いの私生活に干渉しないこと。この項目を、削除してください」

おそらくは、この結婚で郁人が一番重要視した内容だ。

その部分を削除する……この要望は、嫌がられるだろうと覚悟はしている。だけど、私は知りたい。

黙ったままの郁人に、私の緊張は最大まで膨らむ。それでも、ここまで言ったからには中途半端で引き返すわけにはいかない。

「……郁人のことを、ちゃんと知りたいです」

どうか、そんなことかとうなずいて。

そう願っていた。

普通の夫婦みたいに、触れ合いたい。体も、心も。

契約内容の中でもこのふたつは、一番最重要事項だった。それを考えなおしたいと私が思う意味を、わかってほしい。

沈黙に緊張が走る。一緒に住んで、夫婦のわりにはそれほど多くないかもしれないけれど共有する時間を持って、少しずつわかるようになってきた郁人の表情の変化。

今もやっぱり、わかってしまった。彼の表情が、こわばったのが。

拒絶とも取れるその表情に、ずきんと胸が痛む。けど、ここで怖気づいたら前に進めない。いやむしろ、後退する可能性の方が高い。

「見せかけじゃなく、本当の夫婦になりたい。郁人と結婚してよかったと思ってるから」

「……夫婦でも、お互い知る必要のないことはある」

「でも、本当の夫婦なら知ってて当然のことを、郁人はあえて黙ってるよね？　……家族のこととか」

……婚約者のこととか。

ここにきて、郁人のためらいが手に取るようにわかる。私がこんなことを言いだしたのには、なにか理由があるのかもと気がついたようだ。

「なにかあったのか？」と、目を細めて注意深く私の表情をうかがっている。

「私の要求を聞き入れてくれたら言う」

婚約者に会ったことを話せば、渋々事情を聞かせてくれそうな気はする。だけど、今、この一件だけを聞き出せても意味がない。

ちゃんと腹を割って話せる関係になりたいから、そのためには契約内容の見直しは必須だ。

引き下がるものかと唇を噛みしめて返事を待っていると。

私の手を握っていた手が離れていって、彼が苛立たしげに髪をかきむしった。びくっと私の肩が跳ねる。いつにない粗野な彼の仕草に、怖くなる。

やっぱり怒ったのだろうか、郁人が面倒がって話し合いから逃げようとするんじゃないかと不安になった。

が、次の瞬間、ぱっと顔を上げた郁人は、再び私の手を握った。さっきよりもずっと強い力で、離さないとでも言われているようだった。

「わかった。この項目は削除しよう」

「え……」

「家族のことを聞きたいんだな？　全部話す」

思っていたよりもすんなりと私の要望は受け入れられ、そのわりには彼が思いつめたような表情をしていることに違和感がある。

首をかしげると、今度は彼の方から条件が付け足された。

「その代わり、俺からも条件がある」

「条件？」

「逃げるな」

きょとんと思わず目を見開いて、しばし考える。

……逃げ……たくなるような家族ってこと？

そういう意味に思え、頬が引きつった。

「う、うん？」

微妙な表情での曖昧なうなずきに、郁人はさらに念を押す。

「冗談じゃない。真剣な話だ」

「ぜ、善処します」

「……おい」

絶対とは言えない私の曖昧な返事が、不満だったようだ。ぎゅうっと強く手を握り込まれて、郁人が顔を近づけてくる。

超至近距離、間近で見つめられて……いや睨まれた。

家族、親戚のことを話すにあたり、多少深刻な事情はありそうなのはもちろん察していたけれど、逃げるなとこれほど念を押されるとは……いったいどういう家族なんだ。

ごくりと唾をのむ。

間近で険しい色を湛えた瞳に、ほんの少し、不安や懇願のようなものが揺れた気がした。それを見て、覚悟は決まる。

「うん」

真っすぐに彼の目を見てうなずいた。

「逃げない」

勘違いしないでほしい。曖昧な返事になったのは迷ったわけじゃない、どんな家族なんだとちょっとビビってしまっただけだ。

この提案は、私たちがこの先夫婦を続けるために、このままではいけないと思ったから。郁人とずっと一緒に暮らしたいと私が願っているから。

逃げ出したら意味がない。

数秒、見つめ合った。互いの目の中に、本心を探しているかのようなその空気は、突然終わる。

不意に近づき、私の目と目の間に触れた彼の唇によって。

「ん」

咄嗟に目を閉じて受け止めた。すぐに離れた唇は、次はまぶたと額に落ちた。

ちゅ、ちゅっと啄むようなキスは、頬を経て最後は唇にたどり着く。それまでで一番、優しくそっと、触れるキスだった。

片手は握られたまま、もう片方の手が私の頬を優しく包んでいる。

キスがやんで、その手に肌をくすぐられながら郁人の言葉を待っていると、ぽつりと静かな声で始まった。

「紹介したいような家族はいない。それは、嘘じゃない。俺と歩実の結婚に、干渉されたくなかったしな」

「うん……？」

「両親は、学生の頃に亡くなってる。母方の親戚がちょっと厄介なんだ。結婚したことをまったく知られないようにすることは不可能だろうなとはわかっていたけど、なんだかんだ文句を言われるのを俺が聞き流していれば、それで問題はない予定だったんだ」

「予定？」

つまり、その予定が、狂ったってこと？

それが婚約者に関係することなんだろうか。

首をかしげて話の続きを待つ私の髪を、頬にあった手がするりとなでて耳にかける。

よほど私は心もとない表情でもしているのだろうか。まるで、慰めるような優しい仕草だ。

「急にこんなことを言いだしたってことは、歩実の方になにか言ってきたんじゃないのか？」

「親戚の人、じゃないけど」

「うん？」

「……常盤かすみさんが、会社に来た」

私の言葉に、ぴくっと頬に触れる指が反応する。

郁人の瞳を、恐る恐る内心を探るように覗き込んでしまう。

「……婚約者、って言ってた。本当？」

尋ねると、彼は深々とため息をついて顔を横に振った。

「違う。俺は認めてない」

「でも」

「もともと、彼女は従弟の婚約者だったんだ」

「えっ」

過去形というところが引っかかる。

それに『俺は認めてない』という言葉は、つまり『周囲は認めている』というふうに聞こえた。

「その、従弟との婚約がダメになったから、ってこと？」

「そうだ。その婚約は、本人同士というより家同士の婚約だった。常盤家と『うち』の次期後継者とのものだ」

婚約者という存在を知ったときから、なんとなく察していた。嫌な予感はしていたけれど。

『次期後継者』という単語に、その予感が的中していることをひしひしと感じる。しかも、予想より大ごとのような気がしてきた。

「まず、心構えをしておきたいのだけれど……一応、確認していい？」

郁人が優しくなだめてくれる指も虚しく、私は冷や汗をかきながら言った。

「そういう、後継者とかが必要だということは、郁人には守らなければならない家柄や事業があるってことでいい？」

「……まあ、そうだ。曽祖父の代から一族で会社を経営してる」

しかもそれって結構デカい会社だよねきっと。

政略結婚とかの話が出てくるんだから。

そこから聞く彼の事情は、私にはなんだかとても、遠い世界のことのようだった。

高校生の頃に両親を亡くした彼は、母方の親戚の援助で大学へと進学し卒業した。

しかしながら、それはいずれ本家の跡を継ぐ従弟をサポートする人材としての教育であり、自由はなかったという。

今いる会社も一時的な居場所であって、従弟がその会社で重要なポストに就く頃には郁人も戻らなければいけない、それは最初から決まっていた。

その件は、受け入れていたらしいのだ。

大学を卒業するまで援助してもらったのはたしかだし、恩は返すべきだと覚悟はしていた。

ただ、結婚までは、誰にも口出しをされるいわれはない。

「伯母(おば)がなにかとうるさくて、意に沿わない相手をあてがわれるくらいなら、自分で相手を見つけて結婚してしまおうと思ってたのは……たしかだ」

「それで、私とのお見合いにあんなに前向きだったんだ」

「……誰でもよかったってわけじゃないからな」

「わかってるよ」

ちょっと言い訳がましい言い方をする郁人に苦笑いをする。

さすがに、以前から私を好きだったとかそんな乙女展開は期待していない。

「伯母は文句は言ってくるだろうが、従弟が予定通りに跡を継ぐために本社に収まってくれたらそれで問題ないはずだった」

そこでまた、苦々しく顔をゆがめた郁人が深いため息をついた。

「その従弟さん、どうしたの?」

「……逃げやがった」

「え」

「文筆家になるんだと」

「ぶんぴつか」

文筆家……!

責任もなにもかも投げ出して、文筆家になると言って行方をくらませてしまったらしい。

なんかもう、ボンクラ臭が漂うのは気のせいだろうか。

「あいつ……主昭が、嫌がっているのも知ってたんだ。けどまさか、本気で逃げる度胸はないと思ってた。……なんだかんだ、甘やかされて育った世間知らずだしな」

「にしても、文筆家って」

「うっかり、どっかの出版社の小さな賞を受賞したのものだから。それがよかったのか悪かったのか。もしかしたら、逃げる口実になっただけかもしれないけどな」

郁人が頭痛を抑えるように、眉間に手をあてている。

その気持ちがよくわかる。

「で、主昭の行方を捜しているうちに、常盤家が嗅ぎつけた。後継者になる男なら相手は誰でもいいって言いだしたんだ」

それで、これまでは日陰の身でやっていく予定だった郁人に白羽の矢が立ってしまったというわけだ。

そしてなんとなく、察してしまう。

常盤かすみさんのあの態度から、もしかすると彼女は主昭さんよりも郁人と婚約することを望んでいたんじゃないかと。

それは、邪推だろうか。

「現会長の祖父が、体調があまりよくない。代替わりの準備に伯父が会長代理に就いて、主昭にも重役ポストを用意していた矢先のことだった。だから、このところ忙しくしてるんだ」

「もしかして、うちの会社の仕事だけじゃなく、主昭さんの穴埋めもしてるってこと……」

呆然としてしまう。

そりゃ、帰りも遅くなるはずだ。彼は、ふたつの会社で仕事をしていることになる。そしてここで厄介なのが、常盤家は代わりに郁人と婚約することに乗り気になっているということだった。

郁人にその気がなくても、会社の取引相手としてむげにはできない。だからあたり障りなくかわしながら、人を雇って主昭さんの行方を捜している最中だという。

「どうするの？　その会社、継ぐの？」

「俺にそのつもりはない。跡継ぎは主昭だ」

「伯父さん伯母さんも、実の息子に跡を継いでほしいはずだよね？」

「本心はそうだろうけどな。経営者としては……どうだろうな」

沈黙が降りた。

こうして話を聞いて、私には結局どう手助けする方法も思い浮かばないことに途方に暮れる。

本当に、私がこの人の妻でいいの？

そんな気持ちにもなるけれど……彼は、身代わりで跡継ぎになるつもりはないと言った。

普通の人で、いてほしい。手の届く人でいてほしい。

「ね……なんかちょっと、聞くのも怖いんだけど」

「なんだ？」

「その、郁人が継がされる家というか、会社の名前って？」

嫌な予感しかしない。

もしかしたら、とてつもなく大きな会社だったりするのだろうか。

郁人の眉間に、ぎゅっとしわが寄った。そして、急に真一文字に唇を閉ざしてしまう。

「え、ちょ、なに」

「……言いたくない」

「もう、ここまで話してくれたのに、どうして今さらそこでダンマリなの？　大丈夫、覚悟したから！」

とりあえずお金持ちなんでしょう。

そこはもう理解したし、後継者や遺産の問題などでなんだかんだとややこしそうなのもよくわかった。

なのになんで、今さら隠そうとするの。

そう思うと、無性に腹が立ってきた。

「そんなに私に知られたくない？」

少し、責めるような口調になってしまった。

それでも郁人の口は重い。

「……歩実が嫌がるのわかってるから」

「逃げないって言ったのに？」

「派手なの苦手だろう」

首をかしげて「ん？」と小さく声が漏れた。

郁人がなにを言いたいのかわからない。

「たしかに苦手だけど……」

「できることなら静かに穏やかに、目立たず生きていきたい方だろう」

「……う、うん？」

もちろんその通りだ。

今の会社でもべつに出世を狙ってないし、郁人と結婚する前だって私ひとり細々と日々の業務をこなしてお給料をいただいて静かに生活したいタイプだった。

さすがに、そうもいかなそうな空気を感じてはいるけれど、なに、そんなに私に念押しをしなければいけないような、家柄なの？

自分で聞いておきながら、郁人の苦悶の表情を見て聞くのが怖くなってきた。

私の手を握る郁人の手が、なおいっそう強くなる。

「まあ……そのうちわかることだし。このまま主昭が見つからなければ、そうも言ってられないしな」

なんだろう、この、じわじわと追い込まれていくような、感覚。

続いて郁人が告げた社名に、やっぱりという感覚もありながら、恐れおののいてしまったのも、きっと致し方ないと思う。

「眞島(まじま)商事、聞いたことはあるよな。母方の姓は眞島。創設以降、今も経営陣の半分は親族で占められてる」

「う、うちの親会社じゃない……！」

今私たちが勤める会社の、グループ本社。

日本有数の大企業の名前に、私はそれ以上、言葉が続かなかった。

「常盤かすみは、常盤不動産の次女だ」

こちらもまた、誰もが知る大手不動産会社だ。

引きつる私の表情を真正面から睨みながら、郁人が低い声を出す。

「……ほら。逃げたくなっただろう」

「いや……ええ……本当に、本当？」

「こんなこと、嘘をついても仕方ない」

どうやら本当に本当のことらしい。たしかに、そんな大きな会社を継ぐのなら、私が望むような静かな生活は手に入りそうにない。

本当に継ぐことになれば……いったい、私たちの生活はどうなるのか。

いや、私、本当に……郁人の妻で、いられるの？

そんな疑問が生まれて、途端に胸が痛んだ。ヒヤリと指先が冷えていく。

血の気の引いた私の顔色に気がついたのか、郁人の片手がしっかりと私の頬を掴み、目線を合わさせた。

「逃げないって約束したな？」

「うん、でも」

「俺も約束した。どうにかするから、心配しなくていい」

本当に？　可能なの？　そんなことが？

逃げない、逃げたくないとは思う。

だけど、私の想像が遠く及ばない現実に、やっぱり怖くなる。

信じたいのに心の中を重くよどんだ不安が占めていって、落ち着かない。

そのとき、握った手を強く引っ張られて、ぽすんと郁人の胸に受け止められた。

「もう、これで秘密はない」

「うん……でも」

しかし、あきらかになったその秘密が、大きすぎる。

「その、従弟が見つかったら万事解決ってこと？」

「いや、もう、そう簡単にはいかないかもしれないな」

「じゃあやっぱり、郁人が継ぐ可能性もある？」

「そうなっても、常盤家との婚姻のために歩実と離婚なんてしない。手は打ってあるから心配するな」

郁人の声はきっぱりと、自信にあふれたものだった。

いつもの仕事のときと同じ声音で彼の言葉を聞いて、逆にほっと安心できた。

郁人が大丈夫だといって進めた仕事が、失敗だったことはない。

ようやく郁人の腕の中で、安堵の息を吐き出した。

「わかった。信じるし、なにか私にできることがあったら言って」

「ああ」

「契約内容も変更ってことで。これからは、お互いのことで秘密はなしね」

やっと少し明るい声を出せた私に、ふっと郁人が笑ったように息を吐き出した。

「もちろん、歩実も」

「わかってる」

「もうひとつの変更内容も覚えてるよな？」

郁人の秘密が衝撃的すぎて、すっかりそちらの内容が頭から追い出されていた。反応が遅れた私の腰を、郁人が抱えて持ち上げる。

「えっ？　なに？」

気づいたら、膝の上にいた。

「あの項目の削除は本当にしていいのか？」

ふざけてはいない、真剣な表情で見つめられる。

だけどほんの少し脅すみたいに、思い知らせるみたいに、その大きな手が私の腰骨を柔く掴む。

「……削除じゃない。私のペースで……に変更、でしょ？」

そう言って郁人を睨むと、彼はふっと表情をやわらげた。

「ああ、そうだったか。残念」

残念、って。

郁人は、本当に触れたいと思ってくれているってこと、かな。

そう思うと、ぽっとおなかの奥に疼くような熱が灯った。

強引に座らされた膝の上というポジションは、物理的な体の距離はもちろん、心まで引き寄せられて彼に近づいたような、私をそんな感覚にさせた。

郁人を好きだという気持ちを持っていてもいいのだと、言葉でなく態度で証明されたような気がした。

スカートの上から大きな手に腰をなでられると、そのたびにぞわぞわとくすぐったいような感覚が波になって押し寄せる。

もう片方の手が首のうしろに回り、引き寄せられてキスをした。唇の柔肌を食んでは少し離れ、角度を変えてまた重なる。何度も繰り返し、やがて浅いところで舌を遊ばせる。

キスは徐々に濃厚になるが、彼の手はおとなしく服の上から私の体を確かめているだけで、それ以上踏み込むことはない。

……少し、覚悟はしていたのだけど。

「ん、ふ……」

長く続くキスに息苦しさを感じて、空気を吸い込んだ拍子に大きく唇が開いた。その隙に、唇の隙間を舐めていた彼の熱い舌が口内に潜り込む。

舌を絡める濃厚なキスに翻弄されて、頭の中に霞がかかり思考が回らなくなった頃。

少しの隙間を残して離れた唇が、熱のこもった吐息をこぼしながらささやいた。

「急がなくていいんだ、少しずつ」

「ん……」

「歩実のペースで、許してくれたらいい」

胸を締めつけるような愛おしさを感じて、目を細めた。こんなふうに思ってもらえるようになるなんて、お見合いしたあの日は思いもしなかった。

こんなふうに、大切にされるなんて。

再び重なった唇は今度はもう少し荒く口内を貪った。舌先を絡めて唾液をかき混ぜ、響く水音が淫らに感じて、キスなのにいけないことをしているような気持ちになる。のみきれなかった唾液が、唇の端からこぼれて顎から喉へ肌を伝い落ちる。はしたないと身をこわばらせてしまうと、気づいた彼のキスが逸れて唾液を追った。

「え……、んんっ」

首筋に唇を受けて、反射的にのけ反らせ喉もとをさらす。こぼれた唾液を拭ってくれているだけだと思うには、私には刺激が強すぎた。

「い、郁人……あっ」

たぶん、そこに道筋はなかったはず。

彼の舌は、咽喉から耳の方へと逸れていく。耳朶(みみたぶ)を口に含まれ、舌にくすぐられたところが私の限界だった。

「ひんっ……！」

びくりと体を震わせて、すがるように彼の服の袖を強く握りしめる。首を左右に振れば、耳朶が解放されてくすりと吐息のような笑いが聞こえた。

「歩実」

「ん……っ」

肌がヒヤリとして、そこが濡れているのがわかる。官能を覚えさせるようなキスから、優しくなだめるような軽く触れるだけのキスに変わった。

「俺が選んだ、俺の妻だ。絶対離さない」

とろけた頭に、郁人の声が染み入る。

郁人はもしかしたら、これまでずっと大人の思惑にさらされて、誰かの言いなりの生き方をするしかなかったのだろうか。

そんな中で、上司の紹介とはいえ、私のことをいいと思ってくれたのだろうか。

そんなことが頭をよぎり、うれしいよりも上回る、寂しさと危うさを感じた。

この手を決して、離してはいけない。

私がそのことに考え及ぶのは、すっかりキスで負かされて彼の腕の中で脱力してからのことだけれど。

私を膝に抱えて肩を揺らして笑う郁人は、うれしそうだった。ほんのりと頬が朱に染まる、ここまで感情が滲み出る表情は初めて見て、私の方は逆に気恥ずかしくなり彼の胸に顔を埋める。

この先、たとえかすみさんや彼の家族になにかを言われることがあっても、この人から離れてはいけない。

そう思った。

夫婦の日々〜郁人ｓｉｄｅ〜

歩実から契約内容の再考を要求された。

彼女からその話を切り出された瞬間、少々落胆した。ただ一方で、なんとなくそんな要求をされるような気もしていたから、納得もしていた。

彼女と暮らし始めて穏やかに日が過ぎていくうち、不意に触れたくなるような衝動を知った。

慎重に彼女の表情をうかがっていたけれど、嫌がるそぶりはなかったように思う。だから、調子に乗ってしまっていたのかもしれない。

常盤かすみと会った夜、家に帰ると歩実が契約書をじっと読み返しているのを見てしまった。

やはり、嫌だったのかもしれないとそのときに感じた。だから、その部分をもっと詳細にはっきりと、仕切りなおしたいという意味かと思った。

でもそれも仕方がないと思う。トラウマがあるようだし、嫌悪感を抱かせるくらいなら、契約内容の見直しにも応じるつもりだった。

衝動を抑えるのはつらいが無理強いするものではない。

だが、そうではなかったらしい。

顔を真っ赤にしながら、嫌ではなかったと告げてくれたときには、驚いた。同時に、じわりと体の奥から温かい感情が込み上げてくる。

歩実が要求した内容に、心の底から安堵した。俺は彼女を、なにがあろうと手放したくないと思っている。

＊＊＊

佐々木というのは父の姓だ。

母は眞島という、少々面倒な家柄の生まれだった。会社員の家庭で育った父と駆け落ち同然に結婚したらしい。それを聞かされたのは、両親の葬儀が終わった翌日のことだ。

交通事故で、あまりにもあっけなくこの世を去った両親。現実味が持てないまま、この先自分がどうなるのか、途方に暮れている中だった。

『在学中は援助する。ただし、大学はこちらが決めさせてもらう』

突然現れた母の兄とその妻からは、血縁の情のようなものは感じられなかったが、仕方ないとも思えた。

……そりゃ、会ったこともない甥などかわいくもないだろうしな。

生活の不安がなくなる上に大学まで出してくれるというのだから、感謝しないといけない。そこから先の生活は、自分でどうにかすればいいと思った。

実際、高校生の俺にほかにどうすることもできなかったし、とくに行きたい大学があったわけでもない。伯父夫婦の指示に従って大学を出て、就職したら少しずつでも援助してもらった金額を返済すればいいと思っていた。

ところが、そううまく事は運ばない。やはり自分は、世間知らずの子供だったなと今にして思う。

伯父夫婦に、大学だけでなく学部まですべて指定されて、断ることはできなかった。途中でなんとなく悟った。

伯父にしてみれば、俺が血縁者だとわかってしまった以上、自分の目の行き届く範囲内に俺を置いておきたかったのだろう。俺を放置して好き勝手に生きさせた揚げ句、もし一族の恥になるようなことをしでかされたら一大事だ。

しまった……と思った。

気がつけば、親戚一同から四方八方を固められたような状態で、就職先のポストまで決められそうな勢いだった。ふたつ下の主昭が入社し重役ポストに就くまでに、主昭のサポート役になるよう教育する算段もあったのかもしれない。

下積みからやらせてくれと頼み込み、就職先だけはどうにか自分の希望も通してもらったが、それでも関連会社からは出られなかった。

主昭は、甘やかされて育った子供そのものだったが、悪い人間ではなかった。ただ、とにかく、認識が甘い。自分がやがて大企業の跡目を継ぐのだという意識もない。

「俺には無理だって。絶対、郁兄の方が向いてるよ」

へらへら笑ってそう言いながら、結局親には逆らえず俺の二年後に大学を卒業し本社に押し込められた。

同時に婚約者も決められていて、少しばかりかわいそうにもなったが、主昭の立場で考えれば致し方ない。本当に嫌なら、自分でどうにかすればいい。

俺のように、恩義にがんじがらめになっているわけでもないのだし。

いや、それよりも、だ。伯父夫婦のこれまでのやり方を見ていれば、いずれは自分にも会社にとって有意義な相手との結婚と言いだすだろう。

実際、それとなく打診があったこともある。

うんざりしていたのだ。

感謝はしている。それでも、そこまで人生を縛られる理由はない。

大学、学部、講義、すべて会社のために必要なものを取らされて、就職まで結局は彼らの監視下にある。

せめて結婚相手くらい、自分で選びたいと思った。押しつけられるくらいなら一生独身でいいとまで思っていた。

しかし、伯父夫婦からだけでなく、俺の出自を知る取引先からもそれとなく縁談を持ちかけられそうになり、辟易していたときだった。事情を知っている上司から見合いを打診されたのは。

「心配しなくても他意はないよ。ただ、君たちふたりは合うような気がするだけ」

穏やかな笑みを浮かべる上司から勧められたのが、園田歩実だ。

彼女のことは、以前から知っていた。まだ営業部に来る前からだ。その頃から、彼女にはいろんな名前がついていた。

経理の鉄仮面、鉄の女、ロボットゲート。書類に少しでも不備があれば絶対に通さない。

しかし、俺としてはそれくらいの方が信用できるし、安心して任せられる。融通の利かないところはたしかにあるが、そこまで揶揄されることでもないけどな、というのがそのときの印象だ。

とにかく真面目一辺倒、仕事は的確で速い。こちらに不備さえなければ、最短で処理してくれる。だから、一部の人間がうだうだと言っていただけで、上司からの評価は高かったんじゃないだろうか。少なくとも、経理課課長から彼女に対する愚痴を聞いたことはない。

そんな彼女の、意外な一面を見たのは、たまたま帰りの電車が一緒になったときだった。

電車内はそれほど混雑していたわけじゃないが、座席は埋まっていた。

彼女が隅の方に立っているのを見たが、べつにわざわざ声をかけるような間柄でもない。俺は俺で、少し離れたドアの前で立ったまま、なにげに再び彼女を視界に入れた。

さっきまではうつむいていた彼女が、なぜかじっと一方を睨んでいた。いや、睨んでいるわけではなく、瞬きもしないでとにかく一点を見つめているからそう見えたのかもしれない。

その視線の先を見て、ああ、と思った。

大きなおなかを抱えた女性が、手すりにもたれるように体を預けて立っている。

さっと視線を車内に巡らせたが、やはり空いた席はなかった。

それにしても、どうして彼女はあの妊婦を睨みつけているのか。彼女自身が座っているのなら席を譲ることもできただろうけれど、あいにく彼女も立っている。

しかし、次の駅に着いて降りる人がぱらぱらとあり、園田歩実のすぐそばの席が空く。そのとき、咄嗟に彼女がそばにできた空席にバッグを置いた。

きょろっと彼女が再び妊婦の女性に目を向ける。けれど、声をかけるには若干遠く、なおかつ言葉にも迷っているようだった。

ひどく、挙動不審に見える。いつもの、経理課で鉄壁防御を誇る彼女とは別人のようで、思わずその後の経過を見守ってしまう。

再び、彼女が射るような視線を女性に向けた。どうにか視線で気づいてもらおうというのか、鬼気迫る形相だった。

普通に、声をかけにいけばいいのに。

やがて扉が閉まって、止まっていた電車がゆっくりと走りだす。加速して移動しづらくなる前に、あの女性に気づいて席に座ってほしいのだろう。

意を決した彼女が一歩踏み出すが、もう遅かった。

声を出そうと口を開けたが、立ち止まる。妊婦の女性の方へ視線を戻せば、反対の隅の方に空席を自分で見つけたらしい。くるりと背中を向けて、歩いていった。
数秒、固まっていた彼女は、やがてすごすごと席を陣取っていたバッグを持ち上げる。
しかし、座る気にはなれなかったようで、そのまま小さく背中を丸めてもとのポジ
ションに戻ってしまった。
そんなに恥ずかしがることでもないだろうに。残念ながらタイミングが合わなかっ
た、ただそれだけのことだ。
声をかけようとするのも、あの様子ではずいぶん勇気がいっただろう。
不器用な一面を見つけてしまい、なぜかしばらく彼女の後頭部から目が離せなかっ
た。
髪から覗く耳が真っ赤になっている。鉄仮面というにはずいぶんかわいらしい女性
だと口もとが緩んだ。
それからだったと思う。たまに会社帰りの電車で、彼女の姿を見ればなんとなく目
で追うことが多くなった。
恋愛感情だとか、そんなつもりはなかったけれど、正直面倒だと思うことが多い中

で比べれば、間違いなく彼女に抱いているのは『好意』だったように思う。

だからだろうか。上司から勧められた見合いの相手が彼女だと知ったときに、俺はなんの迷いもなくうなずいていた。

＊＊＊

仕事の帰り道、高架下を歩き、上を通り過ぎる電車の音を聞きながら、以前の彼女のことを思い出していた。

まさか、自分と彼女がこんなふうに穏やかな関係を築けるとは思っていなかった。

早く帰りたい。契約内容の変更をして、もうなにも隠す必要がなくなってからは、とくにそんな気持ちが強くなった。家に帰れば、彼女が待ってくれているからだ。

一緒にいることが心地よいのは以前からだが、そこに、圧倒的な温かさと親密さが増した。

ふいにソースの焼けるいい匂いが鼻先を掠め、周囲を見回す。道の隅に、お好み焼きの屋台が見えた。

……そういえば、明日は休みだ。

彼女の喜ぶ顔が頭に浮かんで足を止め、方向転換をした。

閉店間近だった電気屋に立ち寄ってから家に帰ると、リビングでいつものように本を読んでいる歩実がいる。

よほど読書に熱中しているのか、まだ俺の帰宅に気がついてない。

熱心な横顔は、電車の中でよく見たものと同じだ。先ほど思い出していた、見合い以前の彼女の横顔と重ねてつい笑った。

あの頃は、彼女と恋愛小説やファンタジーが結びつかなかったが、今は見慣れた。

近頃は恋愛小説を好んでよく読んでいるようだ。

彼女の側まで近づいて、手に持っていたビジネスバッグと電気屋で購入してきた平たく四角い段ボール箱を床に置く。

それでようやく、彼女が顔を上げて目が合った。

「ごめん！　全然気づかなかった。いつのまに？」

「今帰ったとこだ」

「それなに？」

「ホットプレート買ってきた」

　そう言うと、ぽかんとしてこちらを見上げる。

「家でお好み焼きがしたいと言ってただろう。そういえばホットプレートがなかったと思って」

「フライパンじゃダメなの？」

「皿にのせて食べるより、店みたいに食べた方がうまい」

　彼女の目がうれしそうに輝いて、口もとが少し緩んだ。

　歩実は、それほど表情が豊かではない。仕事中なんかはそれこそ鉄仮面の呼び名にふさわしいくらいだ。

　けれど最近は、わずかな表情の変化で喜んでいるのかどうかくらいはわかるようになった。

　それに、家でははっきりと笑顔になることも多くなったように思う。

「明日、やってみよう」

「どうしよう、レシピとかわからない……検索してみる」

　お好み焼きにレシピとかやっぱりあるのか。それほど複雑でもなさそうだが。

「お好み焼き粉の袋にでも書いてあるんじゃないか？　明日の午前中に買い物に行こう」

「うん」

「いったん、キッチンに置いておく」

そう言って、屈めていた腰を伸ばそうとしたが、蒸気してほんのりと頬を赤く染めた彼女に、引き寄せられた。

キスを察して、彼女が目を閉じる。

重なる唇の甘さに、改めてもう手放せないと思う。

できる限り憂いなく、ゆっくりと夫婦の関係を深めていきたいと思う。

それにはやはり、自分の現状をどうにかしなければならなかった。


主昭が会社を継ぎたくないと言って行方知れずになったのは、俺たちが結婚してからすぐのことだ。常盤かすみが俺の前に現われて、相手が変わってもべつにかまわないと言いだしたのはそのすぐ後。

伯父夫婦には、勝手に結婚した経緯はとっくにバレていたが、こんな事態にさえならなければグチグチと小言を言われても、それ以上はもう彼らにもどうしようもないはずだったのに。

歩実から、常盤かすみに会ったと聞いた翌日、俺の方から彼女に会いにいった。

＊＊＊

食事に連れていけというのを断って、駅前のカフェに向かう。不満そうだったが、無視して店内に入った。

「まだなにも決まっていないことを歩実に言うのはやめてくれ」

「あら、もう決まったようなものでしょう。主昭さん、本気で後継者の座を放棄するつもりでしょう？」

「連絡は取れてるのか？」

「居場所は知らないわ。電話があったの」

小さく肩をすくめる彼女は、本当に相手は誰でもいいと思っているらしい。

「あの人、ずっと前から言ってたのよ。俺には会社経営なんて無理だ、って」

「……だからって文筆家はないだろう」

「あら、いいじゃない夢があって。会社は向いてる人間が継げばいいのよ」

頭痛がして、思わず手で額を覆った。

「郁人さんがいるから、彼、姿を消したんじゃないの？　ふらふらしてそうで、バカじゃない。ただ、自分より郁人さんの方が向いてると気づいてしまったから、プライドが許さなかったんじゃないかしら」

そんな、簡単な話じゃない。

伯父夫婦にしてみれば、実の息子に会社を継がせたいはずだ。

しかし、常盤家との婚姻関係ありきで進んでしまっている事業もある。全国規模のリゾートホテル事業で、今その仕事に波風を立てるわけにはいかないのが会社の事情だ。

万事をうまく運ぶには、主昭に出てきてもらうよりほかにない。

「とにかく、主昭から連絡があったら、どうにか居場所を聞き出してほしい。それと、歩実には近づくな」

「……べつに、彼女にわざわざ会いにいったわけじゃないのよ？」

「どうだか」

信用できるか。

伯父には、常盤の機嫌を損なわないようにと念押しをされているが、歩実に対してなにかしようというなら、黙って見過ごすわけにはいかない。

不器用な人だ。不安や不満を素直に口にはできない人だ。

それなのに勇気を出して、互いのことをわかり合おうと言ってくれた彼女を、俺は守らなくてはいけない。

そう感じたとき、少し目を見開いた。

なんの戸惑いもなく迷いもなく、彼女を守るということを自然と受け入れている自分に気がついたからだ。

人間、変わるものだなと思う。

一緒に暮らし始めてまだ間もないというのに、それ以前の自分からはこの変化は想像もできなかった。

「どうしたの？」

突然、テーブルに視線を落としながら考えふけっていた俺に、常盤かすみが不思議そうに首をかしげた。

「なんでもない。それより、君は本当に主昭に対して情がないんだな。長く婚約しているからそれなりの関係は築いているのかと思っていた」

「情ならあるわよ。だから無理に跡を継がせるのもかわいそうかなって思ってしまうのよ。能力もその気もないのに眞島の後継者なんて荷が重すぎるでしょ？」

彼女が椅子の背もたれに体を預け、つまらなそうに息を吐く。

「だから俺か？　いい迷惑だ」

その気がないのは俺も同じだ。しかし常盤かすみは含み笑いをして、媚びた視線を向けてくる。

「眞島のおじ様が主昭さんの抜けたポジションにあなたを据えようとしているのは、力を認めているからよ。実質、常盤との新事業をまとめているのはあなたじゃないの」

いつか、眞島を抜けるために人脈をつくり実績を積もうとしたのが、あだとなった。

彼女には返事をせずに、顔をそむけたままため息をついた。

＊＊＊

主昭には、この春から常務取締役というポストが与えられていた。会社経営を実地で学ぶと同時に、周囲から後継者としての力を測られる意味もある。おそらく、それらから逃げ出したかったのだろう。

会社なんて、血縁関係なく実力のあるものが上のポジションに就けばいい。血にこだわらなければ、主昭よりも俺よりもふさわしい人材はいるのだから、そこから選べばいいのだ。会社にとってもその方がいいはずだ。

世の中、そういう時代になってきているというのに、古くからの体制を変えられないままの企業はいくつもある。

この体制から抜け出したければ、自分が力をつけ発言力を持たなければいけない。

そのためには結局企業の中で立場を得なければならないというジレンマだった。

だが、俺もまったく考えなしで、ここまで来たわけじゃない。

主昭が眞島の跡を継ぎ落ち着いたら、独立するつもりでいた。

そのために、主昭の補佐候補というポジションを利用して各方面に人脈をつくってきたのだ。

ただ、まだ足りない。もう少し、時間が必要だった。


「……と。郁人？」

いつのまにか、考え込んでいたらしい。歩実の声に意識を呼び戻され、はっと隣を歩く彼女に目を向ける。

昨日買って帰ったホットプレートを活用するために、スーパーに買い物に向かう途中だった。

「どうしたの？」

「いや。なにも」

そう言って口角を上げてみせても、わざとらしく笑ったようにしか見えなかったのかもしれない。

心配そうに、少し眉尻を下げてこちらを覗き込んでくる。

「お好み焼きの具で、うまかったのを思い出してた」

そう言うと、一瞬目を見開いた後、「ぷっ」と噴き出す。いつも控えめな表情が、珍しく大きく破顔していた。

「すっごく深刻そうに見えたから心配したのに」

「チーズ入れるか？　苦手じゃなかったよな」

「好き嫌いはあんまりない方だよ。こないだ行ったお好み焼き屋さんのメニューで、餅チーズってあったね。オーソドックスなのしか知らなかったから驚いた」

「牡蠣（かき）もうまい」

「そんなのも入れるの……」

「苦手か？」

「好きだけど、なんか贅沢（ぜいたく）だね」

スーパーの看板が見えて、歩実の歩調が少し速くなった。暑いから、早く冷房の効いた店内に入りたいのかもしれない。

一歩前に出た彼女の手を咄嗟に、本当になにげなく、掴んだ。
緩やかになった彼女の歩調。
髪から覗く赤くなった耳を見て、なんだかとても、愛おしくなった。

買い物カートを押していると、不意に郁人が立ち止まった。

「あ……ひとつ忘れた」

「え？」

「ちょっと待ってろ」

「うん？」

来たルートを戻っていく郁人を目で追ってから、棚に視線を戻す。

お好み焼き粉の袋が何種類か並んでいて、どれがいいのかよくわからなかった。なんとなく、写真に使われているお好み焼きが一番おいしそうなのをひとつ手に取ってみる。

くるりと裏返すと、お好み焼きの作り方が載っていた。材料もちゃんと書いてある。

「キャベツでしょ。卵はあるけど、買い足した方がいいかな。あと、天かすと紅ショウガと……エビとかイカとか豚肉と……牡蠣を入れたいって言ってたっけ」

お好み焼きって庶民の食べ物のイメージだけれど、案外贅沢なのかなあ。好きなものを全部入れてしまうと、結構食材費がかかる気がする。

お好み焼き粉の袋を手に考えていると、郁人が山芋を手に戻ってきた。

「これ、おろして入れたらうまいって」

「そうなの？」

山芋をかごに入れる。しかし、作り方に書かれた材料の中に山芋はなかった。もう一度よくよく粉の袋を見てみると、粉の原材料のところに『山芋粉末』と書いてある。

「お好み焼き粉に山芋の粉が入ってるみたいだけど、さらに入れるってこと？」

「そうなのか……いや。どうだろう」

「それ、誰に聞いたの？」

「学生のときによく行ってたお好み焼き屋のおばさん」

だったらたしかな情報に違いない。

だけど、お店ではお好み焼き粉とかは使わないような気もする。小麦粉から独自にいろいろブレンドしてそうな……。

「一応買っとく？」

「そうだな。入れてみるのと比べてみてもいいし」

「具もいろいろ試してみたいし、小さいのをたくさん焼く？」

「それでもいいし、全部半分ずつにしてもいいし」

たとえ半分こでもそんなにたくさんは食べれないかな？

私はそう思うのだが、郁人はさらにメニューを追加しようとする。

「焼きそばは？」

「えっ？　そんなに食べれる？」

そんなやり取りをしていたら、通りかかったご夫婦にくすくすと笑われた。

「……恥ずかしい」

「なんで。お好み焼きの材料を買ってるだけだろ」

「そうなんだけど」

そうなんだけど。

嫌な感じで笑われたわけじゃないからいいんだけど。なんだかとても、生温い目で見守られたような感じだ。

郁人は他人の目はあまり気にならないみたいで、平然と私の手からカートを奪い押していく。

あれもこれも入れてみたいと、とりあえず思いつくままに買ってみたら、結構な量の食材を買い込んでしまった。

初めてのお好み焼きで、作る前から私はテンションが上がっていた。

いや、お好み焼きだからじゃないのかもしれない。郁人も一緒に作ると言ってくれたからだ。

キャベツをみじん切りにするところからふたりがかりだ。キッチンに並んで立っていると、なんだか新婚みたいな気分だった。

まあ、新婚なんだけど。今までが今までだから、やっと本当の新婚になった気分。

ホットプレートも温まった。材料も準備万端で、焼くのは郁人にやってもらった。

大きなヘラがなかったので、フライ返しとホットプレートについていた小さなヘラで器用に形を整えて、ひっくり返す。

「おいしそう」

「まだだからな」

「あ、チーズが溶けて流れてきた」

「難しいな。中で溶けてくれてた方がいいんだけど」

「これでも全然おいしそうだよ」

お好み焼きの匂いに、チーズが焼ける匂いが混じって食欲をそそる。

焼く段階に入ってからは、私はおとなしく焼きあがりを待っているだけだ。郁人が意外にも手際よくやってくれるから、手を出す隙もなかった。

牡蠣入りのと、チーズ入り、山芋を生地に入れたのと、入れてないのと。ふたりで全部半分こして、感想を言い合った。

「やっぱり山芋入れた方がふんわりするね？」

「チーズのはちょっと焦げたな」

「香ばしいということで。牡蠣がおいしい」

「だろ」

そのときちょっとだけ郁人の表情が得意気なものになって、思わず笑ってしまう。

ほくほくのお好み焼きを食べながら、郁人を見て、幸せだなあとそんな感情があふれてくる。自然と唇に笑みが浮かぶ。

契約内容の変更、勇気を出して言ってよかった。

あれからぐんとふたりの距離は近づいたような気がする。

郁人は、とてもいい旦那さんだと思った。

とてもいい、普通の旦那さんだ。こうして見ていると、彼が会社の跡を継ぐかもしれない人だなんて思えない。

とても幸せなのに、そのことを考えると途端に気持ちが落ち着かなくなる。

なんだか、本当はとても遠い人なのかもしれないと思ってしまうのだ。いつか手の届かない遠くに行ってしまうような気がするのだ。

彼の抱える事情が、私にはどうすることもできないものだからかもしれない。

なにかあったとき、私は黙って彼を信じるしかできない、なんの力もないことが、不安の原因だろうと思う。

「ねえ、あれから、大丈夫？　主昭さん、まだ帰らないんだよね？」

会話の隙間に、ちらりと聞いてみた。

常盤かすみさんも、あれきり会社には来ていない。

「ああ。心配かけて悪いな」

「ううん。私は、大丈夫だけど」

「俺たちはこのままだ。後継者が誰になろうとそれは変わらないけど」

「……けど？」

郁人の語尾が弱くなって、なにか問題があるのかと胸が重くなる。

「……俺が継ぐことになったら、苦労かける。目立たないようにとかはたぶん無理だろうし、人付き合いが苦手な歩実にはあの親戚連中はキツいだろうなと思う」

「……それって、私は歓迎されないってことだよね？」

「……そもそも俺が歓迎されてないからな。会社のためにしか」

「でも、伯父さん伯母さんなんだよね？」

「実の息子に継がせたいのが本音だから」

それって、会社だとかそんなものが関係してなかったら、優しい親戚でいてくれた可能性もあるのだろうか。

そんなもしもの話をしたって仕方がないから、口に出しては言わなかった。

私の家は、裕福ではないし両親は常に店で忙しくて、あまり家族らしい思い出はない。

旅行もしたことなかったし、家族みんなで遊びに出かけるということも、私が覚えている限りではごくわずかしかなかった。

それでも、仲が悪かったとは思わない。親戚ともそれなりに付き合いはあった。年末年始の家族の集まりでたまに会うくらいだったが、親戚にすら人見知りを遺憾なく発揮してしまう私にも優しかったように思う。

しかし郁人の伯父夫婦は、実の甥に対してあまりにも情がない。

そのことを、つらく思うそぶりがない郁人のことも心配だ。

高校生で両親を亡くして心細くはなかったのだろうか。そのときに現われた肉親が自分に冷たくて、郁人は平気だったんだろうか。

会ったこともない甥で、子供ならともかく高校生なんてかわいくもなんともないだろう、と平然と郁人は言った。それで本当に平気だったんだろうか。

優しくしてもらうことを、あきらめてしまっただけじゃないだろうか。

勝手な憶測だけれど、それなら少しわかる。最初からあきらめることで、自分の心を守る感覚。人見知りをこじらせて人付き合いから遠ざかった私と同じだから。

もっとも、彼の抱えるものと私とでは、もちろん比べものにはならないのだけれど。様々な疑問を口にすること自体、郁人を傷つけるような気がしてできなかった。ならば別の言葉を探そうにも見つからない。

「歩実？」

黙り込んだ私を不思議に思ったのか、郁人は箸を使う手を止める。

私が複雑な表情をしていたのか、郁人が真剣な目で言った。

「もし本当にそんな状況になっても、心ない言葉には耳を貸さなくていい。俺が全部受け止める。聞き慣れてるからな」

自分が矢面に立つという意味だろう。そんな言葉をかけてくれることにちょっと驚いて、それから微笑む。

「ありがとう。でも、そうじゃなくて……」

なにを言えばいいだろう。

どんな言葉が郁人のためになるんだろう。

一生懸命、言葉を探す。思えば、私は口下手だからといつもあきらめて、口を閉ざすことばかりしてきた。こんなふうに、それでもなにか言葉をと懸命に探すことはこれまでなかった。

「えっと……」

「ん？」

相変わらず、上手にはいかない。言葉を探して唇が迷う。迷った揚げ句、少し的はずれなことを言った。

「……うれしいよ、私は。苦労かけるって言ってくれたのが」

わからないと眉根を寄せる彼に、思わず苦笑した。

「いろいろあるけど、一緒にいてくれるってことだから」

そう言うと、今度は彼が目を見開いて沈黙する。

それからほんのちょっとだけ、頬を染めた。

「……あたり前だ」

「そう？」

「夫婦だからな」

「……うん」

それからまた、沈黙が降りる。

なんだか無性に気恥ずかしくなって、居心地がいいような悪いような、落ち着かない気分になってしまった。

ちょっとの間があって、郁人がぽつりと言った。

「……歩実のとこのご両親、理想的だな」

「え。そ、そう？」

「一緒に店を切り盛りして、常に一緒にいる。理想的だろう」

「いや……本当に四六時中ずっと一緒だから、結構喧嘩もしてるよ？」

「それでも一緒にいる。仲がいいってことだろう」

そうかなあ。

でも、どっちも別れたいとは言ったことないかも。子供に聞かせる話じゃないから私は知らないだけかもしれないけれど。

「俺の両親も、まあまあ仲がよくて、ごく普通の夫婦だった。ごく普通の家庭で育ったから、伯父夫婦や眞島の親族に会ったときは、ある意味衝撃だったな」

「……そうなんだ」

郁人が受けた衝撃を思って泣きそうになってしまった。彼は、そんな顔をするなと言いたげに、私を見て微笑んだ。

「ああいう冷たい家族はごめんだな。帰る気が失せる」

「そうだね。楽しくて普通の家族がいいよ。できれば子供にかまってやれないほど忙しすぎる両親じゃなくて」

おどけた彼に合わせて、私もちょっとした冗談を交えたつもりだった。

けれど、後から激しく動揺してしまう。私たちの未来に子供がいることを前提のように言ってしまったことに気がついたからだ。

気づかずに聞き流してくれますようにと祈ったが……郁人を見るとわかりやすいくらいに固まっている。

さっきから、私たちの会話はどうもおかしい。

お互いが、相手の言葉にうろたえたり固まったり。

口下手同士が自分の心の中をさらすような会話をすると、こういう状況になるらしい。

「いや、えっと、楽しくて温かい、ってことを言いたかっただけ、で」

汗をかきながら言葉を付け足すと、私の語尾にかぶせるように、郁人が言う。

「そうだな。ちゃんと子供をかまってやれる父親になるよう努力する」

今度こそ私は、顔を真っ赤にしてうつむいてしまった。

そんな会話をした夜だからだろうか。

子供の話をしたからという意味じゃない。互いの心の内をさらけ出したような会話は、間違いなく私たちの心の距離を近づけた。

ふたりともお風呂を終えた後、いつもなら読書に集中する私がなんとなく、本を手に取ることもなかった。「寝ようか」と言った彼にうなずいて、一緒にリビングを出る。

いつもなら、ここで別々の部屋に入るのに、寝室の前で郁人の手が私の手首を掴んだ。

立ち止まった私の様子をうかがいながら、その手を私の手首から手のひらへ移させてひとなですると、指をまとめて握る。

私は無言で、彼の手を握り返した。

それが返事だった。

「嫌なことはしない。怖いことも。ただ、一緒に眠るだけでもいい」

「ん……うん」

「だから、嫌なことは嫌だと正直に言ってくれ」

寝室の中に入り、ベッドに腰掛けると心臓がやたらとうるさく鳴り始めた。

緊張のせいか、まだなんにもしていないのに頭が朦朧（もうろう）としてしまう。

怯（おび）えさせないように、そっと、彼の手が私の頬に触れる。

ゆっくりと上向かされて、唇が重なる瞬間、なんだか目頭や鼻の奥が熱くなった。

キスはもう何度もしているのに、それすら初めてのように触れてくれる唇が優しすぎて、泣きたくなる。

誰が想像できるだろう。

オフィスで、あんなに冷ややかな顔しか見せない郁人が、こんな優しいキスをするなんて。たぶん、これこそが彼の本質なのだと思う。

時々息を継ぎながら、長い長いキスをする。

舌を絡ませながら、苦しくなってもがくように宙をさまよった手を、郁人の片手がつかまえた。

彼のもう片方の手に背中を支えられながら、静かにベッドに押し倒されていく。

「んっ……ふ、ぁ……」

「歩実」

キスが逸れて、彼の顔が私の首筋に伏せられた。握り合わせたふたりの片手はシーツの上に落ち着き、郁人のもう片方の手が私の頭をなで、額にかかる前髪を指で梳く。

「歩実」

私を求めてくれる声がする。

それが私の心も体も温めて、けれど残念ながら緊張をほぐしてはくれなかった。

結局この日、私たち夫婦の間にそれ以上のことはなく、夜は過ぎる。

私が嫌がったわけではなく、緊張がすぎて私の体のガチガチ具合に、郁人がとうとう笑いだしてしまったからだ。

「焦らなくていいんだ、ずっと一緒にいるんだから」

この先は長い。

きっとそれほど日を置かず、私の緊張もやわらいでいく。

だからその日はただ服の上から優しく私の体をなで、ひとつのベッドで何度も何度もキスをした。

とても幸せな夜だった。

少なくとも、この部屋で私の隣にいる彼は、眞島の後継者なんていう存在ではなかった。

ただの男の人で、ただの夫だった。

ちゃんと手が届く存在だった。

近い夫と遠い彼

穏やかな日々の中でも、郁人はやはり忙しい。

いや、さらに余裕がなくなったように感じるのは、きっと眞島の後継者問題を早急に解決しようと対応しているからだろうと思う。

私には、家で少しでも彼を休ませることしかできなかった。

「最近、佐々木さんとお昼一緒にしないんですね？」

「うん、ちょっと忙しいみたい」

河内さんは相変わらず、心配性だ。以前はちょっとワガママな扱いづらい人だと思っていたけれど、実はかなりのお人よしのように思う。

常盤さんの存在のことをずっと心配してくれていたので、彼女には詳細は言えないが郁人とちゃんと話をしたことは報告した。

すると、彼女はちょっと私の表情を眺めた後。

「あ、心配なかったんならいいんです。よかったじゃないですか」

と、それ以上聞きたがりもせず、あっさりと納得した。

あんなに疑ってかかっていたのにと訝しく思い尋ねると、彼女は事もなげに言う。

「園田さんの表情見ればわかります。園田さん、不安なときってプルプル震えるハムスターみたいな顔しますから」

「ハム……」

「小動物系、かわいいですよね」

今のは絶対、褒めてない。皮肉だ。

「まあ、佐々木さん、あの容姿ですしね。過去の女くらい掃いて捨てるほどいるでしょ」

河内さんの中では、どうやら元カノ説ができあがっているらしい。

そうではないと訂正したいけれど、じゃあなんなんだと言われると困るのでそのままになってしまった。

「それにしても新婚のときくらい、ちょっとは仕事の手を抜いたらいいのに」

「……それは絶対ないと思う」

「ふたり揃って、そうでしょうね」

「あ、でも。今日は、夜に久々に外で食べる約束で」

どこに行くかはまだ決まってないけど……郁人はなにが食べたいだろう。

つい、そわそわと壁の上部にある時計に目を向ける。今外出中の彼は、たぶん定時頃には会社に戻ってくるはずだけれど。

落ち着きのない私に、河内さんはにやりと笑って「ごちそうさま」と言った。

レストランで食事をした後、郁人に誘われて彼の行きつけのバーに寄った。

「おお、郁人。ここで会うのは久しぶりだな」

カウンターに、初老の男性がいてこちらを見るなり声をかけてくる。

ずいぶん親しげな様子なのに、郁人の方は礼儀正しく腰を折る。なんだかちぐはぐな様子のふたりだ。

その男性は苦笑してから、私へと視線を移した。慌てて私も会釈すると、男性に歩み寄っていく郁人の後に続く。

男性の隣のスツールに郁人が座る。どうやら一緒に飲むらしい。

初対面の相手に緊張しながら、私も郁人の隣に座ると、簡単に紹介してくれた。

「動木さんだ。仕事でお世話になってる」

「動木さん？」

どこかで聞いたことがあるような名前だと、記憶をさかのぼる。しかし、思い出す前に郁人が教えてくれた。

「前にここに来たときに言ってただろう」

「……あ！」

そうだ、たしかバーテンダーさんが、郁人をからかうようにそんな話をしていた。

私が思い出したのを表情で確認すると、今度はくるりと動木さんの方を見て、手のひらで私を指し示して簡潔に言った。

「妻です」

簡潔すぎる。

素っ気ない郁人の代わりにといってはなんだが、どうにか緊張する表情筋を励まして笑顔をつくると頭を下げた。

「初めまして、あの……」

「よろしくな、歩実ちゃん」

「えっ、なんで」

名乗る前から、いきなり下の名前で呼ばれて驚いた。しかしそれを尋ねる前に、隣の郁人から一気に不機嫌なオーラがあふれ出る。たぶん、気のせいではない。

「馴れ馴れしくしないでください。妻は人見知りなんで」

「なんだよ。だったら余計にこっちから積極的に話しかける方がいいんじゃないのか。なあ？」

語尾と同時に、郁人の向こう側からにこやかな顔を覗かせてくる。

「あ、はい。あ……いえ、あの」

たしかに向こうから話しかけてもらう方が、慣れない相手との沈黙よりも気まずくない。だからうなずいたのだが、郁人が不機嫌な顔で私を横目に見たのですぐさま否定してしまい、いったいどっちなんだという返答になってしまった。

「おいおい、怯えさせせんなよ」

「べつに歩実に怒ってない」

心底おかしそうに動木さんが破顔する。

郁人は彼が苦手なようだが、彼の方はかなり郁人を気に入っているらしい。ふたりのやり取りからそう感じさせられた。

顔のしわや髪に混じる白いものから、おそらく彼は父親くらいの年齢だと思うのだが、仕草や話し方の雰囲気がぱっと見の年齢を下げて見せている。

なんとなく、動木さんの方が郁人に絡み郁人が戸惑う、もしくはうっとうしがる、そんな絵面がたやすく想像できた。

郁人は水割りを、私はカクテルを作ってもらって、ちびちびとお酒を飲みながらふたりの会話を聞いていた。時々、相づちを打つ。

どうやらふたりは、仕事の上でもかなり付き合いがあるらしい。それもたぶん、眞島の方に関係するのだろうか。

そして、郁人はここに来る前から私のことを彼に話してあったらしい。名乗る前から、私の名前を知っていたのは、そういうわけだ。

それだけでなく。

「ああ、そういえば。先日、常盤不動産のレセプションパーティにうちの甥が出席してね。常盤のお嬢さんと会ったようだよ」

ふと思い出したようなさりげなさで、動木さんから常盤さんの名前も聞き、敏感に反応してしまう。

「あ、あの……それって常盤かすみさん？」

「そうそう。なかなか気の強いお嬢さんみたいだね。歩実ちゃん、いじめられたんだって？」

「えっ？　いえ、いじめられたっていうほどでは……」

驚いてちらりと郁人を見ると、涼しい顔をしている。どうやら動木さんは、私たちの事情をほとんど知っているらしい。

「常盤とは、どうですか」

郁人が、意味をずいぶん省いたセリフで尋ねる。私にはさっぱりわからないけれど、動木さんには通じたらしい。

「まあ、甥次第だろうな。なんとしてもつないでもらわないといけないんだけどね」

「そうしてもらえると、こちらも交渉がしやすくなります。……あまりのんびりもしていられない」

ロックグラスを見ながらわずかに眉をひそめて郁人が言うと、動木さんも息を吐き出すように静かに唸った。

郁人と動木さんの顔を交互に見る。どうやら、仕事に関する話のようだと思うと、口を出すのは憚(はばか)られた。しかも、なにやら深刻そうだ。

ただひとつ、確信したのは動木さんもそれなりに地位のある人なのだろうということだった。

その後、また別の仕事の話が上がり、ふたりは忌憚なく語り合う。その様子を見ていて、少しだけ、ほっとした。

眞島の方の仕事では、郁人はどういう状況に立たされているのだろうと心配していた。針のムシロのような場所だったとしても、私には手助けすることはもちろん、見守ることすらできない。

だけど、動木さんやどうやら郁人の味方でいてくれるらしい。

バーを出た帰り道。タクシーに乗ろうと、駅のロータリーまでのんびりと歩いていた。

「彼には、仕事でずいぶん世話になってる」

「そうなんだ。取引先？」

「まあ、そうだな」

どことなく覇気のないような相づちだったので、隣の横顔を見上げる。

真っすぐ前を見ている。けれどわずかに眉を寄せている様子に、小さな不安を覚えた。

「どうしたの？」

「ん？」

「なにか、悪いことでもあった？」

私が尋ねると、彼がちょっと驚いたようにこちらを向いた。

「え、なに？　ほんとに悪いこと？」

「いや」

顔を横に振った後、口もとに小さく笑みを浮かべる。

「俺は、感情がわかりにくいとよく言われるんだが。歩実には隠しごとはできないな」

「やっぱり、なにかあったの？」

「大丈夫だ。ちょっと、うまくいかないことがあっただけで」

本当に、そうなのだろうか？

心配になって彼から目を離せない私に、郁人が苦笑した。

「本当に。ただ、彼は信用できるから、歩実に紹介しておきたかった」

「……うん、わかったけど……私と常盤さんの間にあったことも知ってたからびっくりした」

「ああ。彼には事情を全部話してある。もしなにかあったら彼を頼ったらいい」

「ええ？　いや、それは、人見知りの私にはハードルが高いよ」

「はは。そうかもしれないな」

たった一度会っただけの人に頼るとか、たとえ人見知りじゃなくても考えられない。

どんなに些細なことでも遠慮して当然だ。なのに、変なことを言うと思った。

けれど「信頼はできる。俺は苦手だけれどな」と彼が笑って肩をすくめたので、私も笑ってしまい、小さな違和感を会話の流れの中に置き去りにしてしまった。

眞島商事のことを、私なりに調べてみたりしていた。

といってもインターネットや会社の資料など公にされている範囲の、知ろうと思えば誰でも知ることができる内容程度だけれど。

今まではあまり意識していなかったが、本当に大企業だ。

ホームページを見れば、事業は多岐にわたっていて世界にも事業展開している。国内では、今リゾート開発にも乗り出しているようだ。ホームページに、ホテルと商業施設、娯楽施設を複合させた観光地が載っていた。私も聞いたことがある。ここ数年で日本に三箇所つくられた新しいリゾート施設だ。

代表者や役員一覧などを見て、つい郁人の名前を探してしまう。見つからないことにほっとした。けれど、いずれは彼もこういう場所に名を連ねることになるのだろうかと思うと、なんだか別の人のように感じてしまった。

私が知る郁人は、すごく普通の人だ。

無表情だけれど実は優しくて、お笑い番組でたまにひとり笑っていたりする。

お好み焼きを焼くのが上手な普通の人だ。

そのままでいてほしい。

眞島のことを調べれば調べるほど、実感が湧かない。その一方で、『あれはそういうことだったのか』と思うようなこともあった。

河内さんのミスがあって、至急で取締役の印が必要だったときだ。

あのときは、ちょうど郁人も確認しなければいけない書類があったからということだったけれど。

取締役に至急で対面するのは、一社員が簡単にできることではないだろう。


毎日のニュースや、新聞、ＣＭなんかに敏感になって、つい眞島商事という社名を探す癖がついてきた頃だった。

お昼、食事に出ていた社員がぱらぱらとオフィスに戻ってきて、その中のひとりが大きな声で言った。

「眞島商事の会長が、危ないらしいぞ」

この部署全体が、ざわめいた。私も、はっと顔を上げてその男性社員と周囲に集まった人間の会話に耳を澄ます。親会社の状況がこの会社にどう影響するのか、男性社員は特に敏感なようだった。皆タブレットやスマホを出してきて、それぞれになにか情報を探し始める。

「たぶん、結構前からあまりよくなかったんじゃないか」

「上層部の入れ替えがあるって春から言ってたもんな」

「危ないって情報が流れるってことは、たぶんもうダメってことだろうな」

……郁人の、お祖父さんだ。

大丈夫なのだろうか。そう言えば、郁人は伯父夫婦のことは少し話してくれたけれど、祖父のことはたいしてなにも言ってなかった。

ただ、会長の具合が悪く、引退して現社長が会長になると言っていただけだ。まさか、そんなに悪いなんて思わなかった。

デスクの上に置いてあったスマホに視線を落とす。外出中の郁人から、とくになにも連絡は入ってない。

どうなるんだろう。郁人は、大丈夫なのか。お祖父さんが、亡くなるかもしれないなんて。

「こっちになんか影響あるんでしょうか。眞島商事だし、なにかあったときの後釜くらいしっかり準備してそうですよね」

河内さんが、パソコンを起動し午後からの仕事の整理をしながらそう言った。

「どうかな。よくわからないね」

「そんなトップの人たちのことなんて、全然わかりませんもんねー」

うなずきながら、とてつもない不安が押し寄せて冷や汗が滲む。郁人が今どうしているのか気になって頻繁にスマホを確認してしまい、仕事にならなかった。

郁人と連絡が取れたのは、その日の夜のことだった。


二十二時を回る頃になって着信が鳴り、待ち構えていた私はワンコールのうちに電話に出る。

「郁人？　今どこ？」

『悪い、今日は帰れそうにない』

「大丈夫？　お祖父さんのことだよね？」

そう言うと、電話の向こうでため息の音が聞こえた。

『知ってたか』

「うん。こっちで話広まってる」

『今、祖父の病院にいる。すまない、しばらく帰れないかもしれない。ひとりで大丈夫か？』

　郁人の方がよほど心配される状況のくせに、私の心配をする。しかも『ひとりで』なんて子供に対して言うような言葉で、苦笑いをしてしまった。

「私はなにも心配されるようなことはないでしょ。子供じゃないんだからひとりで留守番くらいできます」

　すると、今度は笑った気配だ。

『そうだな』

「……私は、行かなくていいの？」

　夫の祖父が生死をさまよう状況なら、妻である私も行くべきなのかとためらいながらも聞いてみる。返事は早かった。

『いや、いい』

「でも」

『今来ても守ってやれない』

　小さな声でそう言われ、続く言葉をのみ込む。なにも言えなかった。

　行けば迷惑になるのかもしれない。

　守ってもらいたいわけじゃないのだ。ただ、郁人が大丈夫なのか、疲れてないか落ち込んでないか傷ついてないか、それが心配なだけ。

「……郁人」

『大丈夫だ』

「郁人」

電話の向こうがざわめいた。

郁人以外の誰かがそこにいるのか来たのか、そんな気配がする。

『ちゃんと帰るから、待っててくれ』

その言葉を最後に通話は切れてしまう。

夫婦なら、こんなときこそ支えないといけないと思うのに、支えるべき相手がとても、遠く感じた。

手が届かないほどに。

心もとなさに襲われる。けれど今本当に大変なのは郁人の方だと、唇を噛んで耐えた。

しばらくは帰れないと言った。けれど、『ちゃんと帰る』とも言った。

なにもできないけれど、ここで彼を待つことがきっと支えになるのだと自分に言い聞かせる。

「……帰ってきて」

あんまり、遠い人にならないで。

祈るようにこぼれたつぶやきは、無意識だった。ひとりで眠ることが寂しいと感じる初めての夜を過ごして、翌日。

眞島商事会長の訃報が流れた。


オフィスに着くと、私は数人の社員にいきなり取り囲まれた。

原因はわかっている。

訃報のさらに翌日、眞島商事の会長、社長を含めいくつかの役員の入れ替わりがあり、その中に郁人の名前があった。眞島商事本社、常務取締役として。そして、次期後継者として。

「佐々木さんが眞島の跡継ぎって、知ってたんですか？」

「もうこちらには来られないんですか？　昨日から佐々木さん休んでるから、どうしたのかと思ってたら……」

正確にいえば、知っていたのは、『跡継ぎになるかもしれない人』だということだ。

それも、かなり最近の話だけれど。本当に彼が跡を継ぐのだと実感させられて、皆以上に私も動揺している。

郁人が昨日から出勤していないのは、上層部には事情が行き渡っているらしく、私が言うまでもなく休暇扱いになっていた。

矢継ぎ早にされる質問にどう答えるべきか困っていると、いきなり腕を引っ張られて人の輪から抜け出した。

「河内さん？」

「すみません、ちょっと話があるんで！」

オフィスを抜け出し、人のいないところを探して、非常階段にたどり着く。

「どうなっているんですか、いったい！」

私よりも少し小柄な彼女に、壁ドンをされて迫られてしまった。

郁人にもまだされたことがないのに。

「佐々木さん、どうなるんです？　このまま眞島商事に行ったきり？　園田さんは仕事に来てて大丈夫なんですか？」

眉を寄せて、初めて見るくらい必死な表情の彼女からは、本気で心配してくれているのが伝わってきた。

「まだ、よくわからないの」

「わからないって……」

「郁人はたぶん、戻ってこないかもしれない」

正式に後継者として公表されてしまったのだ。

たぶんこれはもう、覆らないのだろう。

「どうして、佐々木さんが後継者に？」

「名字が違うけど、親族らしくて」

「らしくて、ってそんな他人ごとみたいに」

「ん、またちゃんと説明できるようになったら言うよ」

「本当ですね？」

「うん。河内さんにはいろいろ心配してもらってるの、わかってるから」

そう言って微笑むと、彼女もちょっと納得してくれたようで、壁ドンは解かれた。

説明、できるようになればいいけれど。

その言葉はどうにかのみ込んで、オフィスに戻ろうと彼女を促す。

他人ごとみたいにではなく、私は今のところ、他人なのだ。郁人の親戚から見れば。

身内には入れてもらえない。

私を家族だと認めてくれるのは、佐々木郁人、その人だけだ。

だけどその郁人が、どんどん遠くなっていってしまうような恐怖に、この二日間襲われていた。

早く、郁人の顔が見たい。

郁人に会って、郁人の口から直接説明されることだけを信じて、そのすべてを受け入れようと決めていた。

彼が後継者と定められても、そうでなくても、郁人の妻でいられるならそれでいい。

私を離さないと言ってくれた郁人を信じる。


オフィスに戻ってすぐ上司に呼ばれ、連れていかれたのは役員フロアにある応接室だ。

室内に足を踏み入れると、そこにはたったひとり、常盤かすみさんの姿があった。

思わず入口付近で立ち止まってしまった。そんな私の背後で、扉が閉まる。私をここに連れてきた上司は、帰ってしまったようだ。

「ふたりで話せるように頼んであったの。そんなところで固まってないで、どうぞ座ってください」

促されて、上等そうなふかふかのソファに座る。そこにはすでに、ふたり分のコーヒーが置かれていた。

「郁人さんの情報が漏れてしまって、驚いたでしょう。社内、混乱してるわね」

「漏れてしまって、って……」

こちらにその情報が流れたのは、意図したことではなかったとでも言いたげだ。嘘ばっかり、と思う。

どのみち知れたことだと思うけれど、子会社に降りてくる情報にしたら早すぎる。

「郁人さんとおじ様おば様は、各社への対応や葬儀の準備でお忙しいの。だから私が代わりに来たのだけれど」

彼女がテーブルの上に、役所で配布される大きめの封筒を置く。

中身がなにかは、見なくてもわかった。

「郁人さんと、離婚してくださる？ あなたには荷が重いでしょう」

常盤さんの笑顔は、相変わらず自信にあふれて綺麗だった。

黙ったまま封筒に手を伸ばす。

中身を確認する指が震える。離婚届なのはわかっている。そこに、見知った筆跡があるのを恐れた。

出てきた離婚届は、未記入だった。

……大丈夫。まだ、大丈夫。

自分にそう言い聞かせて、深呼吸する。離婚届を再び綺麗に折りたたみ、封筒の中に戻した。

「あなたに、私たちのことを決められるいわれはありません。そういうことは夫婦で話し合うものだから」

背筋を伸ばして毅然(きぜん)とした口調で言い返したつもりだ。けれど、声はどうしても震えてしまった。

「その郁人さんが、今は動けないから私が来たの。さっきそう言わなかった？」

「離婚届に彼は記入してないですよね？　あなたの言葉を信じろと言われても無理です」

「だから、彼は忙しいの。今、私が代わりに役所に行ってもらってきたばかりのものだから仕方がないでしょう？」

私がなにを言うかわかりきっていて、返答が用意されていたかのようによどみなく早い。

ぎゅっと膝の上で両手を握り合わせた。

信じる、信じる。

大丈夫。

そう自分に唱えながら、言い返す言葉を探す。

けれどそれより先に、彼女の言葉が耳を打つ。とても、哀しそうな顔で。

「かわいそうに。とても、必死に見えるわ、あなた」

その言葉が、私の頭を真っ白にしてしまう。

「好きでも、どうしても叶わないことはあるのよ。無理を押し通せば傷つくだけだわ」

かわいそうだと言いながら、その言葉と同情めいた視線こそが、私の心に傷をつけていった。

「書いた方がいいわ。郁人さんは、なんだかんだ優しい人だけれど、おじ様おば様は怖い人たちよ。受け継いできた会社を、後継に託すためにはなんでもするわ」

「……嫌です」

哀れみ交じりの視線に耐えながら、それでも首を横に振った。

離婚届の入った封筒も、受け取らないままソファから立ち上がる。

「絶対、書きません」

「わからない人ね。おじ様たちなら、あなたをこの会社から追い出すことだってできるのよ。郁人さんが戻らない上に会社をクビになったら、あなたどうするの？」

「かまいません、それでも」

郁人はちゃんと帰ると言った。だからそんなことにはならない。彼女の理不尽な要求には、絶対屈しない。

折れるものかと奥歯を噛みしめる私に、追い打ちがかけられた。

「……あなたの実家の洋食屋がある地域、ショッピングモール開発の候補地にすることもできるのよ」

哀れみの目から、今度は真っすぐ射るような目を向けられる。びくっと私の肩が跳ねて、ついに言い返すことができなくなった。

「私の家は、常盤不動産だもの」

なにも言えなくなった私の前に、彼女はもう一度テーブルをすべらせるようにして離婚届の封筒を押し出した。

言葉は出なくても、それだけは手にしないまま私は彼女を残して応接室を出た。


どうしていいかわからず呆然としながら社内を歩く私をつかまえたのは、ふたりの上司だった。私たちのお見合いをセッティングしたふたりの上司は、私を課長室に避難させた。亀爺の手が、優しく背中をなでて、私はひと粒だけ涙をこぼした。

「大丈夫かい」

そう問われてうなずき、いや全然大丈夫じゃないなと直後に首をかしげた。

この上司ふたりも、まさかこんな事態になるとは思わなかっただろう。

「佐々木と、とにかく話をします」

そう言ってふたりを束の間かもしれないが安心させて、早退するかと聞かれたが大丈夫だと答えた。

この会社から追い出すこともできると言われたのだ。少しの隙もつくりたくなかった。

『身のほどを知りなさい』

私を脅す言葉を吐いたとき、彼女の目がそう言っていた。

郁人はとうとう、私だけが必死に手を伸ばしても、届かないところへ行ってしまうのだろうか。

こんなことなら、好きになんてならなければよかった？

勇気なんて、出さなければよかった？　そうしたら傷つくことも恐れることもなかった。

悔いるような気持ちはあるのに、私の感情は嘘をつけない。

たくさんの人に邪魔されて、ダメだと言われても、叶わなくても。もう好きになってしまったのだ。その気持ちは消えない。

郁人の電話は、通じなかった。

メッセージを送っても、返事がない。

仕事を終えて、真っすぐ家に帰ろうか迷っていた。郁人に会いたいけれど手段が見つからない。結局は家で待つしかないのが現実だった。

最後に電話で話したときに、郁人本人がしばらく帰れないと言った。電話にも出ないなら、たぶん簡単には身動きが取れない状況なのかもしれない。

藁にもすがる思いで、彼の行きつけのバーに立ち寄った。

ひとりでバーに入るのは初めてだ。いつもならそんな緊張すること絶対しないが、今は必死だった。

ドアを開けてすぐカウンターを見たが、いつものバーテンダーさんがいるだけで目的の人物はいない。

落胆したが、そのまま店内に入った。

「ああ、歩実さん！」

バーテンダーさんは、なぜか私を見てほっとしたような表情を浮かべる。

「こんばんは。すみません、ちょっとお尋ねしたいことがあって……」

「動木さんでしょう?」

話が通じているらしい。

ひどくほっとして、涙が出そうになった。

「はい、郁人から、なにかあったら動木さんを頼るようにって」

「とにかく座ってください。まずは落ち着いて」

カウンターに前のめりになりながら話す私に、バーテンダーさんは優しくスツールを勧める。

それから水のグラスを目の前に置いてくれた。

バーテンダーさんは、郁人からではなく動木さんから、私が来たら連絡をするように言われていたらしい。すぐに電話をしてくれて、それから小一時間ほどたっただろうか。

「いたいた歩実ちゃん! 頼ってくれてよかったよー」

待ち人がやたら明るい声で店に入ってきた。

「動木さん、あの……!」

焦ってスツールから立ち上がる私を、宥めるように彼は笑った。

「眞島のことだろう。急なことになって、歩実ちゃんもびっくりしただろ」

「はい。それで、あの、郁人に会いたくて、でも」

「ああ、大丈夫大丈夫。葬儀が終わったらとりあえず一度は帰るよ。無責任なことはしないヤツだ」

よかったとほっとして、けれど『とりあえず一度は』という言葉にまた不安になる。

動木さんは、私のスツールの隣に座ると、私の肩に手を置いて腰を下ろさせた。

ぽんっと背中を叩かれる。

「会社はどうだった？　なにかあったからそんな必死な顔で来たんだろう」

そう言って、再びぽんと背中を叩く。そんな、なにげないことが、とても温かく感じられて励まされる。うなずいて、今日あったことを全部話そうとして、唇を開き、声が出ないことに焦った。

喉が詰まったようになって、代わりに嗚咽（おえつ）がこぼれ始める。

怖い。

これからどうなるの。

涙も不安もこらえきれなくなって、常盤さんに言われたことを泣きながらなにもかも吐き出してしまった。

「歩実ちゃんは、今の会社に勤めたい？」

「え？」

泣きやんで私の息が整った頃、動木さんに尋ねられたことはちょっと唐突に感じて、頭がついていくのが遅れた。

「えっと……勤めたい、というか、ずっと勤めてきたのでやめるつもりはなかったというか」

「もしクビになったらうちで雇ったげるから、そこは心配しなくていいよ」

「え」

「あ、嫌ならいいけど」

「いえとんでもない！」

長く勤めた会社だ。河内さんという少し気楽に話せる人間関係もできて、本当に辞めなければいけなくなったら寂しいのは寂しい。

けれど、郁人との生活と引き換えにはできない。その後、雇ってもらえるとこがあるなら、とても助かる。

「じゃあ、あとはその実家の方に手を出されたらだけど……そっちはまあ、早急にしなくても大丈夫だろう」

「え、そうですか？」

「ショッピングモールの候補地を理由に土地を買い叩くにしたって、今すぐでどうこうということはない。ご両親も店を大事に思っているなら簡単にはうなずかないだろうしね」

「大丈夫でしょうか……」

状況が変わるというのは、郁人が眞島の拘束から離れられるということだろうか。

「けど郁人が動けるようになるまでもう少しかかるかもしれないからな。念のため、うちの者に様子は見にいかせておくよ」

そう言ってくれて、ほっと体の力が抜けた。

しかし話している間に、以前から疑問に思っていたことが、ますます気になってきた。

「……あの。動木さんって、どういう……」

どう考えても、ただ者ではなさそうだ。

「うん？　あれ、言ってなかったっけ。俺、一応経営者でね」

やっぱりだった。

なんだかもう、すごい人だらけで感覚が麻痺してきてしまう。

しかも、もらった名刺に書かれた社名が〝動木建設〟だ。誰もが知る大手建設会社のものだった。

「郁人にきっちり頭を下げられたことだし、なにかあったらいつでも連絡しておいで」と動木さんは言ってくれた。

そうしてふと、最初に動木さんを紹介してもらった時点で、郁人はなにかを予感していたのだろうと気がついた。

だって、あの夜のことだ。なにかあったら、動木さんを頼るようにと私に言ったのは。

「……心配してくれたんだなあ」

助かった。ずいぶん心が楽になった。だって、郁人以外のことで悩まなくていい。

郁人がちゃんと帰ってきてくれることだけに、意識を向けていられる。

けれど反面、私が郁人に気苦労をかけているような気がする。足手まといにはなりたくないのに。

やっぱり、私とは世界の違う人なのだと、思い知る。

「郁人……早く、帰ってきて」

生きる世界が違う。手の届かない人に恋をした。

それでも、離れたくない。たとえ身のほど知らずと言われても、私は手を伸ばし続けていたかった。

約束

眞島会長の訃報から、一週間がたつ。

マンションに帰り着き、暗い玄関と彼の靴がないことに今夜も落胆した。

「明日は帰ってくるかな」

一週間、毎日玄関で同じ言葉をつぶやいているような気がする。

重い足取りで中に入り、シャワーを浴び、リビングでテレビをつけて本を開いた。

毎日、いつもと同じように過ごすことにしている。

だけど、食事がほとんど喉を通らない。

本を開いても、一頁も進まなかった。読書に集中できないから、自然と寝室に行く時間も早くなる。

しかし、眠れない。

ベッドには、郁人の匂いが染みついている。それがいっそう、寂しさを募らせて、会いたくてたまらなくて、眠っても夢を見てはすぐに起きてしまう。

いい夢のときもあれば、悪い夢のときもある。どちらにせよ、はっと目を開けたときにいつも、郁人がまだ帰らないことを思い知らされた。

今夜も、枕を抱いて何度も寝返りを打ち、うつらうつらと浅い眠りを繰り返していたときだった。

微かな物音を聞いた気がした。

目をこすりながら、耳を澄ます。

たしかに玄関の方から音がしたとわかると、私は弾かれたようにベッドから起き上がった。

寝室のドアノブに手を掛けようとして、それよりも先に向こうから押し開かれる。

驚いて一瞬息が止まり、彼を見上げた。彼の方も、寝室から飛び出すほどの勢いで目の前に現れた私に驚いたようだった。

「……歩実」

かすれた声で名前を呼ばれる。

常夜灯のわずかな明かりでも、彼が少しやつれているのがわかった。

「郁人……」

やっと、帰ってきた。

彼の方も、私の顔を見て実感したのか、表情を崩す。泣いているようにも笑っているようにも見えるその表情を見た途端、私は彼の首筋にすがりついてしまった。

「よかった……どうしようかと思った」

「心配かけて悪かった」

郁人の両手が、私の体を受け止める。その手にしっかりと抱きしめられた後、私の首筋にすり寄せるように顔を伏せた。

「歩実……ごめん」

「いいよもう、帰ってくれたんだし」

笑いながら言ったつもりだけれど、涙声になってしまう。郁人は返事をくれなくて、その代わり抱きしめる腕が強くなった。

互いの存在を確かめるように、抱きしめ合った後。

ベッドに腰掛けて、この一週間大丈夫だったかと聞かれて、あったことをそのまま話した。郁人の方からも、お祖父さんが亡くなったときのことや、その後葬儀でバタついていたことなどを説明してくれた。

「……もうちょっと、連絡欲しかった」

本当に、怖かったのだ。帰ってきてくれた安堵もあり、正直に拗ねた口調で言うと彼が困ったように笑う。

「ごめん」

あまりにも申し訳なさそうな顔をしたので、私は笑って「冗談」と言った。

それなのに、郁人の表情はまだ硬い。言いづらそうに口を開いた。

「歩実、話がある」

予感はしていた。たとえばさっき、返事をくれなかったこと。動木さんが『とりあえずは帰ってくる』と言ったこと。

「また出かけるの？」

困らせるまいと思っていたのに、郁人のシャツをしわになるほど強く握った。

後継者問題が、まだ片づかないのだろう。そう簡単にはいかないだろうなとは思っていた。

「ちょっと抜け出してきただけなんだ。どうしても、歩実に会って話したくて」

「うん」

「俺はしばらく、身動きが取れなくなる。けど、歩実と別れるつもりはないから待っててくれ」

「戻ってきたら、自由になれる？」

「いや。眞島の跡を継ぐことにした。ただ、常盤との結婚がなくても事業に支障が出ないようにすることと、歩実のことを伯父夫婦に認めさせるのに少し時間がかかる」

ベッドに座ったまま、彼の顔を見上げた。

「認めてくれるのかな」

「……策は練ってある」

「それがダメだったら？」

「……駆け落ちでもするか」

至極真面目な顔をして郁人が言ったので、私はつい笑ってしまった。

「信じてくれるか？」

彼の目が、私の答えを待っている。

「……うん。

大丈夫……郁人は私を忘れたりしない、ちゃんと迎えにきてくれる。

少しの間、目を閉じて考えた後、私はしっかりとうなずいた。

「大丈夫、ちゃんと待ってます」

郁人の帰りを、ちゃんと待っている。目を見て伝えると、安堵したように郁人の口が緩む。彼の手が私の頬に近づき、羽で触れるように優しくなでた。それからなにを思ったのかまた、申し訳なさげに眉を寄せる。

「……郁人？」

「すまない」

「え？」

「結局、不安な思いをさせてしまったな。だからあまり眞島のことには関わらせたくなかったのに」

まるで、契約変更したことを後悔しているような言い方だった。

「お互い干渉しないまま……そのままの方がよかったと思ってる？」

そう思われても仕方ない。郁人の事情に首を突っ込んだはいいものの、私にできることなどなにもないのだから。

けれど彼は、首を横に振る。

「そうじゃない」

言いながら、まるで愛おしいものでも扱うように、彼の手は私の頬をなで続けていた。

「俺は、救われてる。歩実のそばに必ず帰らなければと思うと、強くいられる」

本当に……？

郁人が苦しんでいるとき、私はなにもできなかった。ただ郁人を信じて待つしかできなかった。だけど、再び離れる彼にとって、待つことで少しでも彼の力になれているというのなら、これほどうれしいことはなかった。

　唇が震え、目頭が熱くなる。涙が滲む私の目尻に彼が唇を寄せ、滴(しずく)をすくい取った。いつだって、郁人の手は優しく私を傷つけないよう大切に触れてくる。

　その優しさが私はいつもうれしくてほっとして、けれど今はそこに少しの切なさも混じった。

「……もっと、郁人の力になりたい」

　切なさの意味を探るように、彼の首筋に両手を伸ばして絡ませる。触れたらわかるような気がしたのだ。

「十分力になってくれてる」

　彼がすがる私に応えるように、私の腰を抱く。ぐっと手のひらに力が込められたのが伝わった。吐息が触れるほどに近づいて、彼の瞳を覗き込む。そのまま、深く唇が重なった。

　離れていた一週間分の寂しさを埋めるように、舌を絡ませる。優しさよりも激しい渇望と欲情を滲ませる、濃厚なキスだった。

「んっ、ん、ふ」

郁人の手が、私の体をパジャマの上からまさぐり始める。それは本能のままの行動だったようだ。大きな手で胸を持ち上げられ、思わず体を震わせてしまった私に、彼は理性の欠片を呼び戻したのだろう。

手が胸をはずれ、背中をさする。そのことがひどく寂しくて、私は自分からキスを深めた。

「……郁人」

つたないキスでも、されるがままでなく、私も求めているとわかってほしかった。

「やめないで」

キスをしながら、合間にささやく。

彼は喉を鳴らし、再び私の胸に触れた。今度はやわらかくもみしだき、キスを唇から首筋へと移していく。

そこで「はあ」と吐息を漏らし、初めて感じる欲情の熱さに体が震えた。

「ダメだ。震えてる。嫌なことはしない」

違う。嫌なわけではない。ただ、未知のことへの恐れがあるだけで。今はそれよりも、強引に奪ってほしいとさえ思う。それなのにこの期に及んで契約を気にされることの方が嫌だった。

「契約書なんて、もう意味ない。あんなものがあってもなくても、私は郁人から離れない。契約なんてなくても私たちは夫婦でしょ？　それを郁人に信じてほしいし、私に信じさせて。離れていても支えになれる絆が欲しい」

お互いに肌をすり寄せ合う。これが〝欲しい〟という感覚なのだと、生まれて初めて知る。

この先もずっと好きでいていい。それを肌で感じたいと渇望する。

「ちゃんと、本当の妻にしてください」

最後まで言葉にできたかどうか、語尾は彼の唇の中にのみ込まれた。口づけを交わしたまま、ベッドの上に押し倒される。箍がはずれたような激しさに溺れそうになりながら、必死で舌を絡ませた。

ほかの誰かが聞いたら、あきれるだろうか。こんな状況で初めて、抱かれることを望むなんて。

それでも今、抱いてほしかった。ちゃんと本物の妻になって、彼を待ちたかったのだ。

肌をたどる熱い手が、私の体の熱を高めていく。その熱に喉を塞がれ、息苦しいほどの快感を教えられる。

甘さを含んだ自分の声が、耳を塞ぎたくなるほど恥ずかしかった。

欲情を隠さない彼の低い声に呼ばれると、堅苦しくて平凡だと思っていた自分の名前が、とてもかわいらしい響きに聞こえた。

すぎた快感が恐ろしくなって、すがるものを探してシーツを掴む。けれど、その手をすぐに解かれて、彼の首筋に絡めさせられた。

私がすがっていいのは彼だけだと、体に教え込まれる。上手に甘えられると、彼は甘く優しく、私の体を攻め立てた。

「郁人、郁人……」

「歩実……っ」

うわ言のように繰り返す。

初めての痛みも、切ないほどに鳴く体の熱も高ぶりも、すべて彼に委ね導かれた。


体が解かれたのは、空が白み始めた頃だった。

汗ばんだ肌を、彼のキスがすべる。

いたわるような優しさに、胸が苦しくなるほどの愛おしさがあふれ出す。

こんな感情は初めてで、ああ、これが『愛してる』ってことなのかなと、夢見心地の頭で考えた。

「……歩実」

「ん……」

「条件はもう無意味だ。契約結婚は終わりにする」

そう言いながら、愛おしむように郁人の唇がまぶたに落ちて、頬に落ちて、耳に落ちる。そこでささやかれた言葉に、目を見開いた。

「……愛してる」

気持ちを疑うわけじゃない。ただ、郁人がそんな言葉を伝えてくれるとは思わなかった。

不意打ちの愛の言葉に、目頭を熱くしながら、私も言葉で返そうとする。

「わ、私も」

けれど、唇をキスで塞がれ邪魔された。

「帰ってから聞く」

「郁人……」

そう言った彼の微笑みは、これまでで一等優しいものだった。

抱きしめられて、そのぬくもりに急速に眠気に襲われる。続いた睡眠不足のせいもあっただろう。

次に目を覚ましたときには、彼はもういなかった。部屋の隅にあるゴミ箱に、くるんと筒状に丸められた契約書が二部、捨てられてあった。

約束～郁人side～

「郁人、お前が常盤と婚約しろ」

祖父が亡くなって、伯父が最初に言ったのがこの言葉だった。

「……この訃報を聞いて主昭が出てくるかもしれません」

「もういい。主昭には荷が重かったんだろう。自由にさせてやるしかない」

不本意なのには違いないのだろう。

ひどく憔悴していた。

「何度も言いましたが俺はもう結婚しています」

「どうせ体面上、喪中に婚約はできないだろうからそれまでに離婚しておけばいい」

お断りします。

これももう何度言ったかわからない。

それでも、伯父にも伯母にも通じない。彼らにしてみれば、俺は言うことを聞いて
あたり前だと思っている。

主昭を自由にさせてやると言った。その自由の代償を払うのが俺だろう、と言いた

かったが今は黙った。

どれだけ言っても通じないなら、自力で掴み取るしかない。

それにしても、どうしてこうも情がないのか。

いや、祖父が亡くなる前、慌てて病院に駆けつけてきた伯父の様子に、少しくらい親子の情が見えた気がする。しかし、亡くなったその瞬間から伯父の顔は経営者のそれになった。

会社の混乱を抑えなければならないということが、まず念頭にある。

会社存続と繁栄のためには、どんなときも自らの情を押し殺さなければならない。

それが大企業の経営者の性(さが)なのかもしれない。


病室に入り、改めて祖父の顔を見た。

母が駆け落ち同然に家を出て、父と結婚したことをこの祖父はちゃんと知っていた。

だから、事故の後すぐに俺を見つけられたのだ。

祖父は、母を無理やり連れ戻そうとはしていなかったということだ。やはり、実の子には甘くなるのだろうか。そう考えると、祖父と伯父はよく似ているのかもしれない。

祖父とは会っていない期間が長すぎて、とても家族とは思えなかった。だが、それでも、よくしてもらったとは思っている。

伯父に比べれば、まだ少しは俺に向ける視線はやわらかかったように思う。

「……ありがとうございました」

枕もとで背筋を正し、一礼する。

涙は出なかった。

祖父の容態が急変し伯父に呼び出された直後から、いきなり秘書をつけられ行動を監視されていた。相変わらずその監視は続いている。

どうにか隙間を見つけてしばらく帰れないことを歩実に伝えることはできていたが、祖父が亡くなった後にもう一度連絡を取ろうとしていた。

が、スマホをいつのまにかかすめ取られていた。

「……俺の携帯を知らないか？」

「どこかにお忘れですか？　社用ですがこちらをお使いください」

用意されていたのだろう。真新しいスマホを渡された。

アドレス帳には、必要な番号は登録されてあると秘書は言った。けれど、歩実の番号は当然のようにそこになかった。

番号くらい覚えている。

かけようと思えばかけられたのだが、こんな子供染みたバレバレの方法で連絡手段を断たされたことに慎重になる。

これは連絡を取るなという脅しだ。だからバレバレだろうとなんだろうと、伯父にはかまわないのだ。下手に歩実とコンタクトを取ろうとして、伯父夫婦を怒らせるのはまずい。

歩実のことは、なにかあれば動木さんが動いてくれるはずだ。頭を下げるのは癪だったが、今回のことで彼ほど全部の事情を知っていてその上でこちらの味方をしてくれている人物はいない。なにより、彼には力があった。

今の俺よりも。

それに、祖父の葬儀が終わるまでは、俺も身動きは取りづらい。

不安にさせているだろうことが、気がかりだった。

申し訳ないと思う。必ず帰ると約束したことを、きっと信じてくれている。

下手なりに、気持ちを伝えてきたつもりだ。始まりはどうあれ、彼女は唯一、俺が自分で選んだ人で、そばにいてほしいと思った人だ。

なにがあっても離婚はしない。

眞島から自由になるために積み上げてきた実績や人脈を、歩実を守るために使うと決めたのだ。

ようやくひと晩だけ彼女のもとに帰れたのは、葬儀が終わって数日過ぎてからだった。

なにがあったか互いに報告し合い、歩実がちゃんと動木さんを頼ったことに安堵して、一方で悔しさも感じてしまう。

俺ひとりでは守れないことが、不甲斐なかった。

ひとりではまともに守れもしないのに、反対されるとわかっているのに、手を伸ばしてしまった。歩実が欲しい。そばにいてほしい。

だからどれだけ邪魔が入ろうと、俺は帰る。

必ず帰ると、約束したのだ。

『……愛してる』

初めて抱いた夜に伝えた。その返事を、帰ったら聞くと、俺は歩実に約束したのだ。

「郁人さん！」

葬儀前からすでに身内の顔で眞島の本宅に出入りしている常盤かすみを、外で会おうと呼び出した。もうじき、祖父の四十九日だ。このまま放っておいては、伯父夫婦がなにも言わないのをいいことに彼女が増長しそうだった。

　彼女は喜んで待ち合わせ場所にやって来る。

「急に呼び出して悪かったな」

「いいのよ、そんな。けどどうしたの？　改まって」

「食事でもどうかと」

　そう言うと、彼女は一瞬だけ目を見開き、それから美しく微笑んだ。

「あら。うれしい。どういう風の吹き回し？」

「べつに。嫌だったか？」

「そんなわけないでしょう」

　そのまま彼女を車に乗せて、予約してあった料亭へ案内する。

　常盤は、べつに俺のことが好きなわけではない。ただ、いずれは会社のために結婚しなければならないと教育されて育ち、本人もとくにそこに異論がない、それだけのことだ。

「郁人さんもわかってくれたってことでいいのかしら」

　座敷でふたりきりになり、料理をいくらか食べ進めた後。

冷酒の盃を片手に小首をかしげ、彼女は笑った。

「恋だとか愛だとか言っても、そんな長続きするかどうかわからないもののために一生を捧げられないでしょう。お金で苦労するのも嫌だしね。それならよほど、会社同士のための結婚の方が有意義だし相手を選びやすいわ」

会社の利益になる関係なら、誰でもいいということだ。あとは多少の好みだろうか。しかし、そう言った彼女の笑顔は少し固い。

俺が無表情で武装するように、彼女は作り笑顔で己を守っている。そんな気がした。

「会社のための結婚なら、誰でもいい。そういうことだな」

余計な思考は頭の隅に追いやり、表情を消して常盤を見る。

「……どういう意味？」

訝しげに眉を寄せる常盤は、体を固くして身構える。警戒して、こちらの出方をうかがっているようだ。

「最適な相手がいる」

「眞島に郁人さん以上の相手なんていないわよ」

「常盤にとって、眞島よりも魅力的な会社という意味だ」

そう言うと、常盤が目を見開いて口を閉ざす。ちょうどいいタイミングで、障子の向こうで足音がした。

「失礼するよ」

「えっ？」

常盤が驚いて声の方へ顔を向けた。それと同時に、からりと障子が開けられる。そこに立っている人物に、彼女の目が大きく見開かれた。

「遅いですよ」

その人物に向かって苦言を呈すると、ひょいっと肩をすくめて笑う。

「文句を言うなよ。まったくお前は人使いが荒い」

そう言いながら、俺の隣にあぐらをかいた。不審げに眉をひそめる彼女に向かい、にっこりと人の好い笑みを浮かべた。

「直接会うのは初めてかな、常盤家のお嬢さん。私は、動木と言います」

「……動木建設の社長でいらっしゃいますね」

「ええ、その通りです」

「どうしてそのような方がここに？」

彼女はますます警戒心を募らせる。

俺に向け、非難めいた視線を寄越した。

「郁人さん、どういうこと？」

「言ったろう。常盤不動産にとって、眞島よりも懇意にしたい相手を連れてきた」

俺がそう言うと常盤は目を見開き、目尻をつり上げる。そこへさらに言葉をつなげた。

「長続きするかどうかわからないもののために、一生を捧げられないと君は言ったが、だからといって会社に捧げるのは、俺はごめんだ。俺の一生は歩実に捧げると決めたからな」

先ほどの彼女のセリフを引用したのはちょっとした意趣返しだ。いつも表情や仕草だけは優雅な彼女が、悔しげに唇を噛んだ。

「悪趣味だわ。気のあるそぶりで呼び出してこんな……」

「そんなそぶりはしてない。それに悪趣味はそっちだろう。歩実に接触して離婚を迫ったことはわかってる」

空気がますます剣呑なものになる。その中でのんきな声を出せるのは、年の功というやつだろうか。

「まあまあ。お嬢さんもそうぴりぴりしないで。これは、ちょっとした商談なんですよ」

「商談……？」

彼女は、うさんくさいものを見るような目を動木さんへ向ける。達観している彼女だが、こういうところはしょせん世間知らずのお嬢様だ。

俺たちにはできない、なにかと面倒な会社の重役共を抑えられるだけの知恵と人脈が動木にはある。この男を敵に回すのは、常盤不動産にとっても上策ではない。

「動木建設としては、ぜひ常盤不動産との太いパイプが欲しい。その点で、郁人とは利害が一致してね」

にっこりと笑う狸親父（たぬきおやじ）に、常盤はなかなか気を許さない。

「郁人さんはそれでいいの？　眞島は私との婚約を持って新事業をスムーズに進めたいと思っているはずよ。おじ様たちが黙ってないわ」

「その点は問題ない。俺がそれ以上の実績をもって納得させる準備がある」

現状、動木建設の最高責任者であるこの男と駆け引きができるのは、眞島商事の中で俺だけだ。それは、伯父たちが喉から手が出るほど欲しい人脈のはずだった。

こちらを睨み続ける彼女に、感情をこめずに視線を返す。数秒睨みあったあと、彼女がぐっと眉根を寄せ感情を押し殺したのが伝わった。

そう、諦めるしかないのだ。常盤にとって、動木不動産は眞島よりも邪険にしてはいけない相手のはずだ。

「……わかりました。お話を伺いますわ」

深呼吸のあと、常盤は居住まいを正した。その正面に動木社長が、常盤不動産を絡め取るべくあぐらをかく。いつもの人好きのする笑顔で言った。

「先日は、うちの甥が世話になったね。覚えているかな？」

本題に入ればそれきり、常盤かすみが俺を見ることはなくなった。

信じてる

郁人が再び家を出て眞島に戻った翌日、私は考えた。私があの会社にいると、郁人に迷惑がかかるかもしれない。私の関係する業務に支障をきたすような、妙な働きかけをされるリスクがあるかもしれないと思い、急きょ退職届を出した。私が彼の弱みになるわけにはいかない。

上層部としても、親会社に目をつけられている厄介な私を抱えているよりもその方がよかったのだろう。仕事の引継ぎにかかる期間など相談しようとしたのだが、後はなんとかするからと言われ、あっさりと退職届は受理された。

最後の日、亀爺があまりにも私のことを心配するので、こそっと耳もとで亀爺にだけ伝えておいた。

『佐々木さんがちゃんと帰ってくるので、大丈夫です』

にっこり笑ってみせると、亀爺も笑って『そうか』とうなずく。もうじき定年だろう年齢の亀爺に、これ以上心配をかけずに済んでよかった。

郁人と会えない日々が続いていた。気持ちを確かめ合ったから不安はそれほどなかった。それでも、時折夢だったような気にもなってくる。

そうして一か月が経過したある土曜日、久しぶりに河内さんと会いふたりでランチした。

相変わらず、彼女の選ぶ店は女子力が高い。しかも、黙って退職した私を怒っているのでおごれという。

「あんまりですよ、私にもなにも言わずに会社辞めちゃうんですから！」

「ごめんってば。でもすぐに連絡は入れたでしょう？」

「そうですけど。あの後、園田さんの抜けた穴を埋められる人材がいなくて本当大変だったんですよ。いえ、今も大変ですよ」

「え、そうなの？　引継ぎは必要ないって感じだったから大丈夫なのかと……それに河内さんがいるし……」

「私に園田さんの代わりが務まるわけないじゃないですか！」

彼女はぷりぷり怒りながら、このランチブッフェのメインであるローストビーフにフォークを突き刺した。突然の退職で河内さんには本当に悪いことをしたと思う。

「あ、でも。ちょっと気持ちよかったことがあるんです」

河内さんが、にやっと意地悪な笑みを浮かべる。

「なに？」

「園田さんを陰で笑ったりしょうもない嫌がらせばっかりしてた連中、いるじゃないですか」

「……ああ」

そういや、いたっけ。

なんか、いろいろありすぎてすっかり忘れていたけれど。

「あいつら、園田さんが抜けた後一気に自分の仕事が増えて、四苦八苦してましたから。普段どれだけ園田さんが量をこなしてくれてたか、やっとわかったみたいですよ。ざまぁないですよね！」

「ざまぁって。ほんと、口が悪いよね、河内さんは」

彼女らしく毒舌炸裂で、相変わらず元気そうだと少しほっとした。くすくす笑っていると、彼女からの返事がなくて不思議に思い顔を上げる。ひどく心配そうな顔をしていたので、首をかしげた。

「どうしたの？」

「佐々木さんとはうまくいってるんですよね？」

彼が眞島商事の後継になったことは全グループ会社に正式に通達され、その後私が逃げるように退職したので心配してくれているのだろう。

ずっと職場で人間関係を築けないでいたけれど、最後の最後で彼女とこんな関係になれて本当によかったと思う。友人というわけでもないかもしれないけれど、ただの元同僚にしては温かい。

「大丈夫よ」

「本当に？　歩実さん、さっきから佐々木さんの話全然しないし」

なかなか鋭いところを突いてくる。

「佐々木さんの立場が急に変わったから、忙しいだろうし。新婚早々大変でしたね」

「あはは。まあ、いろいろあったけど」

「なんか心配なんですよねえ、ふたりとも愚痴って発散するタイプじゃないし口下手だし。なにかあったら、ため込まずに言った方がいいですよ？」

河内さんは、急激な生活環境の変化で私がまた腐ってるんじゃないかと思っていたらしい。郁人とのことを話さないのは、話せることがないからだ。一緒にいないのだから、喧嘩しただとか、すれ違っただとか、逆にふたり仲よく暮らしていると惚気ることもできない。

詳細は言えないけれど、私は偽りない笑顔でうなずいた。

「大丈夫。夫婦だから」

すると、彼女はほっと安心したように目もとを緩ませて、それからわざとらしく拗ねた顔をした。

「あーそうですよねー、新婚さんだしぃ。余計な心配でしたぁ」

「そんなこと言ってないのに」

心配してくれる人がいるのは、本当にありがたいと身に染みる。今は会えない。連絡もない。積もる寂しさを、その温かさが紛らわせてくれた。それと……。

『夫婦だから』

ちゃんと夫婦になれた。あの夜たしかに彼と心を通わせ、肌を重ねた記憶が私を支えてくれている。

大丈夫だ。あの人はちゃんと、帰ってきてくれる。そう信じている。

ランチの後は、ふたりでぶらぶらと街を歩いて買い物をした。河内さんと別れて家に戻ったときにはもう十七時で、しかしランチを食べすぎたのかまったくおなかが空かない。

「……晩ご飯、どうしよ。野菜スープでも作ろうかな」

炭水化物が入りそうな腹具合ではない。かといって、なにも食べないのもいけない気がする。仕事を辞めて毎日家にいるからこそ、一度自堕落なことをするとずるずると生活リズムが狂ってしまいそうだ。

冷蔵庫の野菜室を開けて中を覗き込んでいると、インターフォンが鳴った。

……誰？　郁人？

彼なら鍵を持っているから、インターフォンを鳴らしたりせずに入ってくる。だけど、来客があるような心当たりもなく、もしかしたらと玄関ドアの外が映し出されている液晶画面に近づいた。

「……え」

そこに映っていた人物に絶句して、そのまま居留守を使うべきか真剣に悩んでしまった。

ふわりと花のような香りが漂う。彼女がまとっている香水だろう、いつか嗅いだことがあったと、少し嫌な気持ちを思い出した。

突然訪ねてきた彼女、常盤かすみは、部屋に招き入れると私がなにか言う前にリビングのソファに座った。話があるから来たのだろうに沈黙が続くので、仕方なくコーヒーを淹れてくる。

……郁人のことを話しにきたのだろうな。

それ以外にないだろう。彼女との婚約話がどうなっているのか知らないけれど、私は離婚するつもりはない。はっきりと、意思表示しなければ。

コーヒーカップをローテーブルに置いて、彼女と斜め向かいになるソファに座ると、じっとりと上目遣いで睨まれた。

「……あなた、いつまでここにいるつもりなの」

刺すような剣呑な視線に、一瞬息をのむ。落ち着かなければ、と自分に言い聞かせた。郁人は間違いなく彼女との結婚がなくなるように動いているはずだ。

彼女がなんの意図があってこんなことを言うのかはわからないけれど……私は深呼吸をして、毅然として見えるよう背筋を伸ばした。

「ここは私と郁人の家ですから。ずっといます。引っ越すときは彼と一緒ですし」

「まだ信じてるの？　帰ってくるわけないじゃない。ある日いきなり、離婚届が郵送されてくるかもよ？　そうなる前に自分から姿を消す方があなたも傷つかないで済むのに」

「そんなはずありません」

　緊張しているせいか、淡々と抑揚のない口調で言い返す。彼女の表情は厳しく、射るような目で私を見ている。

が、次には短く息を吐いて笑った。嘲笑というやつだ。

「愛する夫が裏切るわけないって？　そんなあさはかな感情より、彼には大きな企業を支えていかないといけないという責任が」

「いえ、そうではなくて」

　つい、あざ笑う彼女の言葉を遮ってしまった。だって、本当にそうじゃないから。

愛されてる、というのももちろん信じてはいるけれど、それ以前の問題だった。

私は、佐々木郁人という人の人間性を信じている。

夫婦としてはずいぶん遠い心の距離から私たちは始まった。最初はただ居心地がよいだけだったかもしれないが、少しずつ彼の心を知った。冷たいと感じる表情の裏に、優しい心があることを知った。生真面目すぎるほどに誠実なところも。そんな、好きになった彼の人間性を私は信じている。

　彼は帰ると言ったら帰るのだ。ひとりここで彼を信じて待つ人間を、裏切ったりはしない。

「夫は帰ると言いました。一度言ったことを簡単に覆す人じゃありません」

それでも手は震えた。いつになるのか、先が見えないことに変わりはなく、過ぎる時間を考えれば怖くなる。

だけど、それがたとえいつになろうと、私はここにいる。

常盤さんは、なにも言わなくなった。数十秒ほどの時間が流れ……それから大きくため息をつく。

「……あの。常盤さん？」

「……嘘よ」

ぼふっと背もたれに上半身を預け、天井を見上げる。

「嘘よ。ほんとうにあなたに郁人さんの妻が務まるのかって、試してみたくなっただけ。あなた頼りなさそうだし」

「……すみません。がんばります。けど、あの、嘘って？」

「帰ってくるってことよ。私との結婚の話はなくなったわ」

彼女の言葉の最初から最後までを、二度頭の中でリピートさせた。ずっと敵対していると思っていた彼女からの言葉でそれを聞かされるとは思わなかったから、理解するのが遅れたのだ。それからじわじわと気持ちが舞い上がる。

「ほ、本当？　本当にですか？」

つい立ち上がりそうな勢いで、上半身が前のめりになった。私たちは離婚しない。そう決めてても、会社同士の兼ね合いがある常盤さんとの縁談が、そう簡単になくなるとは思っていなかった。もっと時間がかかると覚悟していたのだ。

「本当よ」

「よかった……でもなんで」

「新事業の取引先として郁人さんが動木社長を引っ張り込んだ。それで開発に関わる三社の力関係が変わったのよ」

「……ええっと」

「動木建設は常盤と早急に強いパイプが欲しかった。それを郁人さんが仲介した形になったの。その上動木社長と郁人さんがタッグを組んでいるのがわかったから、常盤と婚姻関係を結ぶ必要がなくなったってことよ」

動木さんって、本当にすごい人だったんだ。

ぽかんと話を聞いていると、彼女の視線が忌々し気なものになる。

「フラれた私の前でうれしそうな顔をしないで」

「えっ、だって常盤さん……」

会社のための結婚であって、気持ちはないって言ってたはずなのに。やっぱり少しは好意があったということなのだろうか。

「会社のためになる相手が第一条件だけど、私にだって好みとかあるのよ！」

「ご、ごめんなさい……」

無神経だっただろうかと一応謝っておく。けれど、郁人のことは譲れないのだ。

「今日、私に言われっぱなしで泣きだすようなら、もっと邪魔してやろうかと思ったけど、いいわ、もう」

彼女の中で、なにか納得がいったのだろう。ちょっとだけ、清々しい表情になる。いつもの笑顔より綺麗な気がした。

「嫌なことを言ったお詫びに、いいこと教えてあげる。郁人さんが眞島の窓口になって動木建設との交渉を進めているの。これをきっかけに、眞島のおじ様は少しずつ実権をなくしていくでしょうね」

「……そうなんですか」

「代わりに郁人さんが力をつけていく。そしたら誰も文句は言えなくなる。完全にそうなるにはまだ時間はかかるでしょうけどね」

そう言うと、彼女はバッグを手に立ち上がる。話は終わったとでもいうように、私に背を向けてスタスタと玄関に向かって歩きだした。

「あ、ちょっ……待ってください。それじゃあ、完全にそうなるまで郁人は戻らないってことですか？」

「知らないわよそこまで。自分で考えるなり調べるなりしなさいよ」

そんなこと言われても、私が調べるとなると動木さんに聞くしかない。それでも、彼女の話のおかげで光明を得たような気がして、少し気が楽になる。

玄関を出ていく背中に改めてお礼を言ったけれど、残念ながら返事はなかった。

エピローグ

郁人が帰ってこなくなって、二か月がたつ。

常盤さんと話をした後、私から動木さんに会いにいくと、それからちょくちょくと声をかけてくれるようになった。なにかと心配してくれて、結構頻繁にあのバーに呼び出してくれる。本当にたくさんお世話になった上、退職した私をすぐに雇うとも言ってくれた。

今のところ、これまで真面目に生きてきたおかげで貯金が結構あるからと、その申し出は断っていた。しばらくはゆっくりして、郁人が帰るのが遅くなったらそのときはお願いしたいと伝えてある。

しかし、失敗したかもしれない。

仕事がなければのんびりできるかと思ったが、日に日に暇を持てあますようになった。

最初は趣味の読書に没頭したりしていたが、家の本は全部読み返して、図書館にも通いつめて。

そして、飽きた。

読書に飽きるのなんて、初めてのことだった。私はどうやら、郁人がいなければ、趣味の読書にすら没頭できなくなってしまったらしい。

おかげで今の私の楽しみは、動木さんからの連絡だけだ。郁人が今どういう状況なのかとか、こまめに教えてくれるから。

そしてある日、いつものバーに呼び出された。

「目処がついたよ。あいつよっぽど早く帰りたいんだろうねぇ」

なんの目処かは、言われなくてもわかる。

郁人と常盤さんとの婚約解消。それに伴う事業に影響が出ないように、郁人は事をおさめようとしているのだ。

郁人と動木さんとで結託し、眞島商事と常盤不動産の共同事業だったリゾート開発に、動木建設が食い込んだのだそうだ。おおむね常盤さんが話してくれた通りだった。

これをきっかけに、動木建設は新事業だけでなく今後のことも踏まえて常盤不動産と縁続きになりたかった。それは常盤不動産も同じで、見事に会社同士が両想い。

そして、なんと常盤さんと動木建設の有望株の男性との婚約が成立したという。動木さんの甥だというその人が、積極的に常盤建設に縁談を申し込んだそうだ。

「常盤さんは、承知してるんですか？」

無理やり婚約したのではないかと心配したのだが、動木さんが楽しそうに笑う。

「彼女は会社のためならってスタンスを崩さないね。ただ、甥の方はパーティで常盤のお嬢ちゃんにひと目惚れしたらしくてね。あとは甥の甲斐性次第だなあ。結構男前だけどね、俺に似て」

「そーなんですか」

「あ、軽く流したね……」

……そういえば、私にだって好みのタイプというものがあると言ってた。好みじゃなかったたってことなのだろうか？　動木さんに似た人なら、かっこいいかもしれないけれど、食えない性格をしてそうだ。

心配にはなるけれど、動木さんの甥っ子さんの方はどうやら気持ちがあるようだ。結婚すると決めたのなら、幸せになってほしいと思う。

「で、つまり、どういうことかわかるかな？」

バーカウンターで頬杖を突きながら、動木さんがにやにやと笑っている。

「え？」

「おおよそ全部、片づいたってことだ。もうすぐ歩実ちゃんのとこに帰ってくるんじゃないかな？」

ぱちぱちと、目を瞬かせた。言われたことが、すぐには実感として得られなくて。

やがてじわじわと、頬が熱くなる。

……郁人が、帰ってくる？

期待に、落ち着いてはいられなくなった。

「え、いつ？　片づいたなら今日でも？」

「いや、それは無理だな。今西日本に行ってもらってるし」

「えっ！　なんで」

「新リゾート開発地の検討と交渉」

えええ！

なんで！

「は、早く戻してくださいよ！」

「心配しなくてもそれが終わったら帰るつもりだろうけどね」

「えええええ……」

なんだかすぐに会えるような気持ちになりかけてたから、余計に遠ざかった気分だ。

がっくりとうなだれる私をからかうように彼は笑う。

「いいなあ、若いって。ラブラブだし。健気だねえ」

「……だって、一応、新婚ですから」

「そんな歩実ちゃんにプレゼント」

ぶすっと唇を尖らせた私の目の前に、ひらっと細長い紙が出てきて顔を上げた。

それは、新幹線のチケットだった。動木さんが、二本の指にそのチケットをはさみひらひらと見せびらかすようにしながら、笑っている。

「歩実ちゃん、迎えにいってくる？」

……会いに、いける？

「行く！　行きます！」

やっと会えるのだと頭が認識した途端、私は飛びついていた。


動木さんの手からチケットを奪い取った私は、翌朝早くの新幹線に乗り関西までやって来た。

ざざ……と波の音が聞こえる。

動木さんに教えてもらった場所は関西の海際の町で、まだそれほど開けていない土地だ。その、臨海公園のベンチに私は座っていた。

あちこち仕事で動き回っている郁人をつかまえるのは大変だろうからと、私を気遣って動木さんが郁人に臨海公園に行くようにと連絡してくれている。

待っている間、石畳の上をうっすらと覆う砂を足でかき寄せて暇を紛らわす。早く会いたくて、どうしても気持ちが落ち着かない。

ふと、動木さんは郁人になんと伝え方をしたんだろう？と気になった。

彼はどうも、人をからかったり驚かせたりするのが好きそうな性格に見える。郁人は、私が関西に来ていることはわかってるんだろうか？

そのとき、ざりっと砂を踏むような足音と、大好きな人の声がした。

「……歩実？」

ぱっと顔を上げる。そこには、心底驚いたような顔の郁人がいた。

……郁人だ。本物の、郁人。

ちょっと痩せた？　頬が以前よりもすっとして、精悍さが増した気がする。

ずっと会いたかった人が目の前にいるのに、なぜか私は動けなかった。ただ茫然と彼を見つめながら、淡々と口にする。

「動木さんから、もう会えるって聞いて。来ちゃった」

「ああ」

彼の方も同じだ。どこかぼうっとして聞こえる緩慢な返事なのに、私を見つめる目は少しも逸れず、視線の熱さだけは真っすぐ伝わってくる。

「この仕事が終わったら、帰るつもりだった。ただ、何日とは約束できなかったから」

「うん」

「あと少しだと思いながら歩実の声を聞いてしまうと、全部放り出して帰りたくなる気がして」

「わかってる」

お互いに不器用で口下手同士だ。その点ではわかり合えるのが、私たちのいいところかもしれない。

波の音と一緒に、潮の香りが運ばれてくる。ようやくベンチから立ち上がって彼の方へ向きなおると、立ち止まっていた郁人も動きだす。真っすぐ私に近づき、強く手首を掴んだかと思うと、その両腕の中に私をさらった。

「……歩実の匂いがする」

郁人が私の首筋に顔を埋める。私は彼の胸に顔を摺り寄せた。

「うん、郁人の匂い」

しばらくの間、抱きしめ合って体温と肌の匂いで、互いの存在を確かめ合う。静かな波の音と、郁人の心臓の音に耳を傾けた。どれだけ時間が過ぎただろうか。黙って抱き合うには、少し照れくさくなってくるくらい数分たった頃。はあと郁人の口から盛大なため息がこぼれる。

「クソほど忙しくて、キレそうだった」

彼の口からはあまり聞いたことがない口の悪さに、思わず噴き出した。誰に対しての苦情かすぐにわかってしまったから、おかしかった。

「あのおっさん、人をこき使いやがって」

「動木さんだよね？」

「ほかにいないだろう」

私の頭のてっぺんに郁人の顎がのっている。頭上でぶつぶつぼやきながら、私の髪を梳く彼の手はとても優しくて、心地よい。

「郁人。あの日の返事、聞いて」

「ん……？」

両手で彼の胸にすがりつきながらちょっとだけ背伸びをすると、彼が気づいて少し腰を屈めてくれた。

「私も、愛してる」

波の音に、うっかりかき消されてしまわないように。ちゃんと届きますようにと、郁人の耳もとに唇を寄せささやいた。

END

【番外編】あなたがいればいいのかも

郁人が戻ってから、しばらく穏やかな日が続いた。

彼がいったん家を出て仕事に出かけてしまったら、その後のことは私にはよくわからない。忙しいのは以前と変わらない様子だが、時々は家で夕食を取れるようになった。

たぶん、一緒に過ごす時間を増やそうとしてくれているのだと思う。

そんな郁人のおもいやりがうれしい。そうなると、私も料理に力を入れてみようという気になってくる。

けれど、これまでちゃんと習ったことはなく、ひとり暮らしのときは適当な料理の仕方しかしてこなかった。結婚してからも平日は各自適当に取っていたし、意識してきちんと作っていたのは休日の食事とお弁当くらいだ。

レパートリーも少ない。

そんなわけで、最近の愛読書に料理本が加わった。

今日は、帰ったらなにを作ろうかな？

郁人が運転する車の助手席で、窓の外を見ながら料理本にあったメニューを思い出していると、隣からため息交じりの声がした。

「今日は、嫌な思いをさせて悪かった」

「え？」

見ると、くっきりと眉間にしわが寄っている。今日は朝からずっとそんな顔つきだったから、もしかしたらしばらくそのしわは消えないかもしれない。

今日初めて、郁人の伯父さんと伯母さんに会いにいった。

まあ予想通り、私は歓迎されないどころかねちねちと嫌みを言われた。

「あのふたりは以前からずっとあんな感じなんだ。歩実はなにも悪くないから気にするな」

「大丈夫、そんなに心配しないで。毎日会うわけじゃないんだし」

「しかし……」

「郁人がかばってくれたし、平気」

笑ってそう言ったのに、郁人の顔はまだ晴れない。むしろ、思い出してイライラしてきたのか、また眉間に力が入ってしまった。

「あたり前だ」

思い出しても、本当に、おもしろいくらいに失礼な人たちだった。

伯母さんなんて鼻をくしゃくしゃにしながら黙ってコーヒーを飲んで、微笑んだかと思えば、いかに常盤かすみさんが素晴らしいお嬢さんだったかを語りだした。

それから郁人に向かって、眞島の人間として恥ずかしくないようにうんたらかんたらと言いだしたので、途中から私の意識は遠のき、本の世界に現実逃避していた気がする。

だけど、そんなに、こたえなかった。どうしてだろう。会社でも、郁人には似合わないとさんざん言われて聞き慣れたからだろうか。

郁人が河内さんを慰めていた——と思っていた——シーンを見てしまったときや、常盤さんと並んでいるところを見たときの方が、よほどショックだったし。

あと、常盤かすみさんに、会社で会ったときとかも。あの方が辛かった。

「私は、結構平気だったよ、ほんとに」

正直な感想としてそう伝えると、郁人が驚いたように目を見開いてちらりと私を見た。運転中だからすぐに視線は正面に戻ったけれど。

「……俺に気を使わなくていい」

「本当だって。どうしてかなあ」

信号待ちで車が止まった。

郁人が上半身をこちらに向けて右手を伸ばしてくる。私の髪をなでた後、その手のひらで頬に触れた。

そうして、私の表情を慎重にうかがい、少しだけ表情をやわらげる。

「……疲れたな」

「郁人の方が疲れた？」

「俺はあのふたりには慣れてるが」

それでも郁人の方が疲れて見えるのは、私が傷つけられるのではと気を使いすぎたせいじゃないだろうか。

「今日は、外で食おう。なにが食べたい？」

軽く首をかしげて、郁人が話題を変えた。

私たちふたりの間から、今日の伯父夫婦の記憶を追い出してしまうかのように。

やっぱり気を使わせてるなあと、思わず苦笑いがこぼれる。彼が、結婚の契約に【お互いの私生活に干渉しないこと。】という項目を設けていたのは、自分が干渉されたくないというよりは、伯父夫婦に関わることで私が嫌な思いをするのを恐れたからじゃないかと思う。

「うれしいけど、家がいいな」

「そうか？」

「その方がのんびり食べられる」

なにを言われても平気だった。

けれど『疲れた』には私も同意だから、早く気が抜ける環境に身を置きたい。つまり家に帰りたい。

郁人が眉尻を下げあんまりにも申し訳なさそうな顔をしているので、お願いすることにした。

そんなわけで、ホットプレートの上ではお好み焼きが二枚、おいしそうな匂いを漂わせ、ジュージューといい音をさせている。

「手伝おうか？」

「いい。座ってろ」

くるん、くるんと大きなヘラを使って二枚とも器用にひっくり返した。私は言われた通りに、小皿を前に焼きあがるのをただ待っている。

「こんなのでいいなんて、安上がりなヤツだな」

「……安上がりというのとは、また違うんだけどね」

外で食べるよりは家がいい。引きこもり根性というやつだろうか、もしもこちらの方がお金がかかるとしたって、その方がいい。

その上、郁人がお好み焼きを焼いてくれるというのは、私にとっては最高のご褒美だ。

以前に家でお好み焼きをしてから、私はすっかり気に入ってしまっていた。

キャベツは結構な量を使うし、細かく刻むのは手間がかかるけれど、それも郁人が手伝ってくれるし苦ではない。

「たまには酒でも飲むか」

焼きあがったお好み焼きをヘラで綺麗に切り分けて、ひと切れを私と自分の小皿にのせた後、郁人はビールとカクテルの缶を冷蔵庫から取ってきた。

「たまにはいいね」

カクテルの方を受け取って、プルトップを開けると軽く乾杯する。

その後、お好み焼きを食べながら、いつも通り他愛ない話をした。伯父夫婦のことは欠片も話題にのぼらなかった。

私の方はお好み焼きにすっかりほだされて忘れていたからだけれど、どうやら郁人の方は口に出さないようにしていただけでまだ気にしていたらしい。

そのことを知ったのは、寝る前になってベッドの上で軽くキスを交わした後のことだった。

「もう、あんなことは言わせない」

私の背中を支えながら優しく押し倒し、私を見下ろす彼はひどく神妙な顔だ。私はなんのことかわからず、反応に困ってしまった。

「伯父はもうじき一線から身を引く。そうしたらおとなしくなるだろうが、まだ時間がかかる」

「え」

「年齢的にはまだ若いが、主昭が後継にならなかったことで社内の力が分散された。そうなると大きな顔もできなくなる」

そのうち、誰にも文句は言わせないようにする。

そう言いながら、まるでいたわるように私の頬や額に口づけた。

「ん……まだ気にしてたの？」

私の方は、『伯父』のワードが出るまですっかり忘れていたというのに。

「あたり前だ。人間関係が苦手な歩実に、これ以上わずらわしいことはないだろう」

「それはそうなんだけど……」

伯父さん伯母さんに関しては、最初から受け入れてもらえるとは思ってなかったから、居心地の悪さは感じても後を引くほどつらいとも思えない。

もともと私は、人間関係に翻弄されたくないから、たとえ嫌われても最小限の付き合いしかしない、そういう人間だった。嫌われること自体は、慣れっこなのだ。

……そんな私が、どうしてあんなに動揺したんだろう。

郁人と結婚してから、社内で郁人とは釣り合わないだのなんだのと陰口をたたかれた。考えてみれば、愛想がないとか暗いとか、鉄仮面とか——これは最近まで知らなかったが——そんな陰口には慣れっこだったのに、胸が痛くて仕方がなかった。郁人と並んで自分が見劣りすることは最初からわかっていたことなのに。

あのとき、つらかったのにどうして今は同じようなことを言われても平気でいられるのか。考えて、答えはすぐに出た。

あの頃は、まだ郁人と本物の夫婦じゃなかった。

今は、郁人がそばにいてくれるからだ。

中途半端に言葉を止めたままの私を、郁人が心配そうに見下ろす。その目がちゃんと、私を見てくれていると今は信じていられるから、平気でいられるんだ。

指でもみほぐす。

「そんなに心配しなくて大丈夫」

私に覆いかぶさる郁人の眉間に手を伸ばすと、そこに刻まれたしわを伸ばすように

「郁人がいてくれれば、ほかはどうでもいい、かな」

他人から嫌われようが陰口をたたかれようが、べつにいいやという私のもともとのスタンスでいられる。郁人さえいてくれれば、私は自分を保てるらしい。

逆にいえば、彼がいなければ、もう私らしくはいられないということだけれど。

中指で郁人の眉間をマッサージしながら笑っていると、その手首を大きな手でやんわりと掴まれ横にはずされる。私の手で隠れていた郁人の顔が、ちょっとあきれたような表情に変わっていた。

「俺がいるのはあたり前だ」

「うん。だから伯父さん伯母さんの嫌みくらい聞き流せるよ」

「歩実はものすごく繊細だと思っていたが、びっくりするくらい強いな」

郁人が掴んだ私の手に唇を寄せる。指の付け根に熱い吐息を感じて、少しのくすぐったさの中にぞくぞくとする官能を見つけてしまう。

「ぼっち慣れしてるから打たれ強いの。それに郁人がいるからぼっちじゃないし」

「そうか」

「だからあんまり、心配しすぎないでよ」

手の甲、手首、手のひらと、彼が順に口づける。

そんな仕草を見ていると、本当に自分がとても、大切にされているのだと幸せを感じられた。少しずつ火照り始める体がどうしようもなく、つい目を細めた。

特別なものなんてなにもない、こんな〝私〟にまるで宝物みたいに触れてくれる。

それがとても幸せで、彼のそばにいるための自信を私に与えてくれた。

「……わかった」

「え……?」

とろん、と溶け始めた頭で首をかしげる。手を優しくシーツの上に下ろされたかと思うと、指の背で私の目尻をくすぐった。

「そのぶん、大切にする。なによりも」

きゅうんと、おなかの奥が切ないほどに、鳴いた。同時に、深く合わせられた唇に目を閉じた。

とてつもなく甘やかされていると思う。息継ぎもままならないほどの愛情に、溺れてしまう。

こんなにも、包み込まれるみたいに守られたことなんて、一度もない。言葉に飾り気はなくても、だからこそ真っすぐ胸に届いて心の中から温めてくれるから。

互いの熱を交ぜ合って、気を失うように眠った、翌朝。まだスマホのアラームが鳴る前で、私は郁人の腕にしっかりと頭を抱え込まれていた。

頭上から微かな寝息が聞こえる。大きく息を吸い込めば、郁人の体温と肌の香りが目いっぱい体の中に染み渡った。

「……幸せだよ」

あなたがいれば、いいのかも。それだけで幸せだから。

ほかになにもいらないくらい好きになれて、幸せだ。

END

特別書き下ろし番外編

家族会議

久々に郁人が連休を取れた週末、二日目の日曜日の朝。

ある意味、私たちらしい会話で始まったのではないかと思う。

「家族会議を開いていただきたいと思います」

「家族会議」

「はい。家族会議」

ソファでくつろぐ夫に、コーヒーを淹れたカップを差し出しながら言った。

「……議題は？」

「……働きたいと思って」

そう言うと、彼の眉が訝しくひそめられる。一見、不機嫌になったように見える表情にちょっと肩をすくめた。

……やっぱ、嫌なのか。それとも考え中？

夫、佐々木郁人の表情は非常にわかりにくい。変化が乏しい。しかしながら一緒に暮らしたこの半年間で、私はそのわずかな変化で彼の感情の機微を読む術を会得した。

と、大仰に言うほどでもないのだが。

眉間に深いしわを寄せたその表情は、決して不機嫌からくるものではない。たぶん、なぜ私がそんなことを言いだしたのか、思案しているのだと思う。

プラス、彼の中には反対意見がありそうではあるが。結婚してまだ半年だし、もう少し落ち着いてからにしてほしいのかもしれない。いや、でも半年もたっていれば十分なような気もする。

「俺の収入だけでも今の生活に問題ないはずだが、理由は？」

コーヒーカップを受け取りながらの質疑。会議に応じてはくれるようだ。私は、

「問題ないどころでなく、それは十分、足りてます。……いつもありがとう」

働きたいという話の道筋から少々逸れるが、そういえば改めて言ったことはなかったとふと気がついて、頭を下げる。すると、郁人は首をかしげた。

「……俺が働くのはあたり前だ」

「でも、郁人が働いてくれるから私は生活できるんだし。それをあたり前と思って感謝しないのは違うから」

話の途中でなにげなく言っただけで、ごくごく軽い気持ちだったのに、なぜだか郁人はちょっと弱ったというような表情をした。

耳の縁が少し赤い。

「……歩実が不自由なく生活できているならそれでいい」

あ、これ、照れてる顔だ。

そんな顔をされてしまうと、私までなんだか気恥ずかしくなってくる。

「もちろん、不自由なんてない、です」

こちらも少々、頬が熱くなるのを感じながらそう言うと、軽い咳払いの後、郁人が仕切りなおした。

「……で、足りているならどうして働きたいんだ？」

「うん、時間を持てあましちゃって……なんかもったいないし」

「それだけのために？」

「え、うん。家事だけだと本当に暇で」

「趣味の読書は？」

「自堕落になっちゃうよ。時間があまると趣味にハマりすぎちゃうというか……」

具体的に働く理由をそれほど追及されるとは思わなかった。戸惑いながらも答えると、郁人は思案するように黙り込む。

「趣味の時間はほどよくでいいと思うんだよね……あんまり無職の期間が長引くと社

会復帰したときに勘が鈍っててしんどそうだし」

「今じゃなくても、いずれは働くつもりだってことか？」

私の言葉に、郁人が少し驚いたような顔をする。そのことに私も驚いた。

「そのつもりだったけど……」

私は両親共働きの家庭で育ったし、当然そのつもりで、というかその頭しかなかった。働かないという選択肢があることに気がつかなかったのだ。

お互いに驚いた顔を見合わせる。十秒はたっただろうか。郁人が手にしていたコーヒーカップをおもむろにセンターテーブルに置くと、改めてソファに腰を据えなおし居住まいを正した。

「……歩実が働きたいんなら、俺もそうさせてやりたいとは思うが」

「あ、家事もちゃんとするよ？　郁人が前より忙しくなってるのはわかるし、もう家事分担とか言わないし」

「いや、共働きするなら考える。今は全部歩実がやってくれてるが……ありがとう、助かっている」

「えっ……」

今度は、郁人の方が改まって頭を下げてきた。

〝食事は各自で〟というルールも撤廃され、以前は分担していた家事も、今はすべて私がやっている。でもそれは、あたり前だ。だって私、無職だし。

「そんな、普通のことしかしてないし。料理もそんなに凝ったものはできなくて……」

「いや、うまい。ありがとう」

「……どういたしまして」

また少し話が逸れて、照れくさい空気が漂った。

うれしいけれど、なんだか動揺してしまう。

でも、今はそういう話ではなくて。

「えっと、だからつまり、家事も手を抜かないし。なので働きたい」

再び話を軌道修正して本題に戻す。議題のわりに、そして一応家族会議なのにどうも先ほどからいちいち空気がほのぼのする。

しかし、本題に戻るとやっぱり郁人はなかなか首を縦には振らない。

「……歩実が働くとなると、やっぱり事務職とかのオフィスワークだろう？」

「うん、できたら、そうしたいなと思ってるんだけど……」

「正社員雇用なら、平日は仕事で手いっぱいになるな」

「そうだけど、仕事しながら家事やってる人もたくさんいるよ」

中には副業までやってのける猛者もいると聞く。最近は正規雇用の社員の副業を認めている会社もある。それだけ、企業も不安定だということじゃないだろうか。

いくらなんでも眞島商事がどうにかなるようなことはないと思うけれど、やはり保険として妻も職は持つべきだ。家事のクオリティは落ちると思うが、もともとひとり暮らしをしていたときも炊事に洗濯、掃除もすべてを自分でしていたのだ。忙しくとも最低限のことくらいはこなせる。

しかし、どうやら郁人の心配は家事うんぬんではないらしい。

「家事の心配をしてるんじゃない。なんならハウスキーパーでも雇えばいい」

郁人が真剣な表情でそう言った。

「え、じゃあ……」

なんの心配をしてるんだろう?

首をかしげて郁人の言葉を待つと、彼はちょっと複雑な表情で一度口ごもる。その表情から郁人がなにを思っているのか推し量ろうとしていたら、不意に手が温かくなった。

いつのまにか郁人の手が私の手に重ねられていて。

手を見て、再び郁人の顔に視線を戻す。

「歩実は」

「う、うん？」

「……子供はどう考えてる？」

突然、そう、まったくなんの心構えもない状態で、まさかの子供の話を振られたので、私の表情は見事に固まった。

……子供。つまり、私と郁人との子供。

一気に、頭の中が真っ白になってしまった。そんな私の返事を待てなかったのか、珍しく郁人がたたみかけた。

「俺は、いつできてもいいと思っている。そうすると歩実はしばらく働くにしてもいろいろと制限が出てくる」

「えっ……」

「働きながらでも不可能ではないだろうけど、無理はさせたくない」

固まったまま、動けない。あんまりにも私の反応が鈍いものだから、郁人に心配をかけてしまった。

「……歩実？」

「あっ、あ……ごめんなさい。なんか、びっくりして」

「驚くようなことか？　結婚したら大半の人間は考える」

「うん、そう……そうよね」

嫌なわけはない。私だって、いつかは欲しいと思っている。それくらいの漠然とした希望だったのが、郁人が言葉にしたことで一気に現実味を増して目の前に突きつけられた。

……子供、かあ。

考えて、想像し始めると胸がドキドキと騒がしくなった。顔が火照り始めて、郁人に握られている手の反対の手で自分の頬を触る。ひどく熱い。

「……嫌じゃないんだな？」

そんな私の表情で気持ちを悟ってくれたらしい。郁人の片手が私の頬に添えられ、親指が頬の手触りを楽しんでいる。

「嫌じゃないけど、なんか夢みたい。そうなったらうれしいね」

子供、欲しい。郁人も欲しいと思ってくれているなら、これほどうれしいことはない。本当にふたりの子供が生まれたらと、想像するだけで幸せな気分になる。まるで、夢のようだと思った。

口もとが緩む。照れくさいけれど、顔を上げて微笑んでみせると彼もうれしそうに口角を上げる。

相変わらず乏しい変化で、一ミリくらいしか変わらないけれど。自然と近づいてくる彼にキスの予感がして、目を閉じる。二度、軽く啄まれた後だった、彼らしくない言葉を聞かされるのは。

「……じゃあ、がんばらないとな」

「え、んぅっ」

なにを?と聞こうとして、三度目のキスで唇を塞がれた。今度は遠慮なく舌を絡める、官能を誘う濃厚さで私の体をソファに押し倒してしまう。

え。ちょ。

がんばるって、今ここで?

「郁、ん」

息継ぎのためのキスの合間も、まともにしゃべらせてはもらえない。

甘いキスにとろかされ、今はもういいかとあきらめて彼の背中に両手を回した。

家族会議は、またのちほど……で……。

その後、久々にふたりでゆっくり過ごせる休日だったこともあり、少々濃厚で自堕落な一日になったことは言うまでもない。
そして議題そのものも、郁人によって数年先まで保留案件とされたのだった。

【特別書き下ろし番外編】家族会議　END

あとがき

こんにちは、砂原雑音です。この度は『イジワル御曹司と契約妻のかりそめ新婚生活』をお手に取っていただき、ありがとうございます。

この作品は、書いている途中でひどいスランプ状態に陥りまして……完結までかなりの時間を浪費してしまいました。

苦しんで苦しんで書いたわりには、実は主人公ふたりのことは気に入っています。私の作品には珍しく、かなり時間をかけて距離を縮めたふたりだったのではないでしょうか。まるで中学生のような接触の仕方に、書きながらウズウズしたり悶えたりと忙しかったです。

接触は初々しいふたりですが、テーマは実は貪欲だったりします。

叶わない恋かもしれない、守りきれないかもしれない。力の及ばないかもしれないものを、それでも欲しいと手を伸ばす、貪欲な恋を書いたつもりだったのですが、案外ドロドロしなかったですね。

書いてみて予想と違った雰囲気のお話になりました。

ささやかですが、サイトには公開しなかったふたりのその後も掲載していただきました。ほんとの夫婦になってもやっぱり初々しいふたりを楽しんでいただけたらなと思います。


いつもお世話になっております、編集の福島様。今回お世話になりました森様、佐々木様。かわいらしい表紙イラストを手掛けてくださった弓槻みあ先生。販売や装丁デザインなど、この作品に携わってくださった皆様に、感謝しています。

そしてこの作品を読んでくださったすべての方に、感謝を込めて。

ありがとうございました。

砂原雑音（すなはらのいず）

砂原雑音先生への
ファンレターのあて先

〒104-0031
東京都中央区京橋1-3-1
八重洲口大栄ビル7F
スターツ出版株式会社　書籍編集部　気付

砂原雑音先生

本書へのご意見をお聞かせください

お買い上げいただき、ありがとうございます。
今後の編集の参考にさせていただきますので、
アンケートにお答えいただければ幸いです。

下記URLまたはQRコードから
アンケートページへお入りください。
https://www.berrys-cafe.jp/static/etc/bb

イジワル御曹司と契約妻のかりそめ新婚生活

2019年11月10日　初版第1刷発行

著　者　砂原雑音
©Noise Sunahara 2019

発行人　菊地修一

デザイン　カバー　北國ヤヨイ
フォーマット　hive & co.,ltd.

校　正　株式会社　文字工房燦光

編集協力　佐々木かづ

編　集　森順子

発行所　スターツ出版株式会社
〒104-0031
東京都中央区京橋1-3-1　八重洲口大栄ビル7F
TEL　出版マーケティンググループ　03-6202-0386
（ご注文等に関するお問い合わせ）
URL　https://starts-pub.jp/

印刷所　大日本印刷株式会社

Printed in Japan

乱丁・落丁などの不良品はお取替えいたします。
上記出版マーケティンググループまでお問い合わせください。
定価はカバーに記載されています。

ISBN 978-4-8137-0788-2　C0193

ベリーズ文庫 2019年11月発売

『俺様上司が甘すぎるケモノに豹変!?～愛の巣から抜け出せません～』　桃城猫緒（ももしろねこお）・著

広告会社でデザイナーとして働くぽっちゃり巨乳の梓希は、占い好きで騙されやすいタイプ。ある日、怪しい占い師から惚れ薬を購入するも、苦手な鬼主任・周防にうっかり飲ませてしまう。するとこれまで俺様だった彼が超過保護な溺甘上司に豹変してしまい…!?

ISBN 978-4-8137-0784-4／定価：本体640円＋税

『冷徹御曹司のお気に召すまま～旦那様は本当はいつだって若奥様を甘やかしたい～』　惣領莉沙（そうりょうりさ）・著

恋愛経験ゼロの社長令嬢・彩実は、ある日ホテル御曹司の諒太とお見合いをさせられることに。あまりにも威圧的な彼の態度に縁談を断ろうと思う彩実だったが、強引に結婚が決まってしまう。どこまでも冷たく、彩実を遠ざけようとする彼だったけど、あることをきっかけに態度が豹変し、甘く激しく迫ってきて…。

ISBN 978-4-8137-0785-1／定価：本体630円＋税

『早熟夫婦～本日、極甘社長の妻となりました～』　葉月（はづき）りゅう・著

母を亡くし天涯孤独になった杏華。途方に暮れていると、昔なじみのイケメン社長・尚秋に「結婚しないか。俺がそばにいてやる」と突然プロポーズされ、新婚生活が始まる。尚秋は優しい兄のような存在から、独占欲強めな旦那様に豹変！　「お前があまりに可愛いから」と家でも会社でもたっぷり溺愛されて…！

ISBN 978-4-8137-0786-8／定価：本体640円＋税

『蜜愛婚～極上御曹司とのお見合い事情～』　白石（しらいし）さよ・著

家業を救うためホテルで働く乃梨子。ある日親からの圧でお見合いをすることになるが、現れたのは苦手な上司・鷹取で!?　男性経験ゼロの乃梨子は強がりで「結婚はビジネス」とクールに振舞うが、その言葉を逆手に取られてしまい、まさかの婚前同居がスタート!?　予想外の溺愛に、乃梨子は身も心も絆されていき…。

ISBN 978-4-8137-0787-5／定価：本体640円＋税

『イジワル御曹司と契約妻のかりそめ新婚生活』　砂原雑音（すなはらのいず）・著

カタブツOLの歩実は、上司に無理やり営業部のエース・郁人とお見合いさせられ"契約結婚"することに。ところが一緒に暮らしてみると、お互いに干渉しない生活が意外と快適！　会社では冷徹なのに、家でふとした拍子にみせる郁人の優しさに、歩実はドキドキが止まらなくなり…!?

ISBN 978-4-8137-0788-2／定価：本体640円＋税

タイトル、価格等は変更になることがございますのでご了承ください。

ベリーズ文庫 2019年11月発売

『冷徹皇太子の溺愛からは逃げられない』　葉崎あかり・著

貴族令嬢・フィラーナは、港町でウォルと名乗る騎士に助けられる。後日、王太子妃候補のひとりとして王宮に上がると、そこに現れたのは…ウォル!?　「女性に興味がない王太子」と噂される彼だったが、フィラーナには何かと関心を示してくる。ある日、ささいな言い争いからウォルに唇を奪われて…!?

ISBN 978-4-8137-0789-9／定価：本体640円＋税

『皇帝の胃袋を掴んだら、寵妃に指名されました～後宮薬膳料理伝～』　佐倉伊織・著

薬膳料理で人々を癒す平凡な村人・麗華は、ある日突然後宮に呼び寄せられる。持ち前の知識で後宮でも一目置かれる存在になった麗華は皇帝に料理を振舞うことに。しかし驚くことに現れたのは、かつて村で麗華の料理で精彩を取り戻した青年・劉伶だった！　そしてその晩、麗華の寝室に劉伶が訪れて…!?

ISBN 978-4-8137-0790-5／定価：本体640円＋税

『ポンコツ令嬢に転生したら、もふもふから王子のメシウマ嫁に任命されました』　江本マシメサ・著

前世、料理人だったが働きすぎが原因でアラサーで過労死した令嬢のアステリア。適齢期になっても色気もなく、「ポンコツ令嬢」と呼ばれていた。ところがある日、王都で出会った舌の肥えたモフモフ聖獣のごはんを作るハメに！　おまけに、引きこもりのイケメン王子の〝メシウマ嫁〟に任命されてしまい…!?

ISBN 978-4-8137-0791-2／定価：本体630円＋税

ベリーズ文庫 2019年12月発売予定

Now Printing

『あなたのことが大嫌い～許婚はエリート官僚～』　砂川雨路（すながわあめみち）・著

財務省勤めの翠と豪は、幼い頃に決められた許嫁の関係。仕事ができ、クールで俺様な豪をライバル視している翠は、本当は彼に惹かれているのに素直になれない。豪もまた、そんな翠に意地悪な態度をとってしまうが、翠の無自覚なウブさに独占欲を煽られて…。「俺のことだけ見ろよ」と甘く囁かれた翠は…!?

ISBN 978-4-8137-0808-7／予価600円＋税

Now Printing

『ソムニウム～イジワルな起業家社長と見る、甘い甘い夢～』　ひらび久美（くみ）・著

突然、恋も仕事も失った詩穂。大学の起業コンペでライバルだった蓮斗と再会し、彼が社長を務めるIT企業に再就職する。ある日、元カレが復縁を無理やり迫ってきたところ、蓮斗が「自分は詩穂の婚約者」と爆弾発言。場を収めるための嘘かと思えば、「友達でいるのはもう限界なんだ」と甘いキスをしてきて…。

ISBN 978-4-8137-0809-4／予価600円＋税

Now Printing

『大嫌いな私の旦那様は不器用につき、』　田崎（たさき）くるみ・著

新卒で秘書として働く小毬は、幼馴染みの将生と夫婦になることに。しかし、これは恋愛の末の幸せな結婚ではなく、形だけの「政略結婚」だった。いつも小毬にイジワルばかりの将生と冷たい新婚生活が始まると思いきや、ご飯を作ってくれたり、プレゼントを用意してくれたり、驚くほど甘々で…!?

ISBN 978-4-8137-0810-0／予価600円＋税

Now Printing

『恋待ち婚～二度目のキスに祈りを込めて』　紅（くれない）カオル・著

お人好しOLの陽奈子はマルタ島を旅行中、イケメンだけど毒舌な貴行と出会い、淡い恋心を抱くが連絡先も聞けずに帰国。そんなある日、傾いた実家の事業を救うため陽奈子が大手海運会社の社長と政略結婚させられることに。そして顔合わせ当日、現れたのはなんとあの毒舌社長・貴行だった！

ISBN 978-4-8137-0811-7／予価600円＋税

Now Printing

『【極上旦那様シリーズ】契約溺愛ウエディング～パリで出会った運命の人～』　若菜（わかな）モモ・著

パリに留学中の心春は、親に無理やり政略結婚をさせられることに。お相手の御曹司・柊吾とは以前パリで会ったことがあり、印象は最悪。断るつもりが「俺と契約結婚しないか？」と持ち掛けてきた柊吾。ぎくしゃくした結婚生活になるかと思いきや、柊吾は心春を甘く溺愛し始めて…!?

ISBN 978-4-8137-0812-4／予価600円＋税

タイトル、価格等は変更になることがございますのでご了承ください。

ベリーズ文庫 2019年12月発売予定

『禁断婚～明治に咲く恋の花～』 佐倉伊織（さくらいおり）・著

Now Printing

子爵令嬢の八重は、暴漢から助けてもらったことをきっかけに警視庁のエリート・黒木と恋仲に。ある日、八重に格上貴族との縁談が決まり、ふたりは駆け落ちし結ばれる。しかし警察に見つかり、八重は家に連れ戻されてしまう。ところが翌月、妊娠が発覚!?　八重はひとりで産み、育てる覚悟をするけれど…。

ISBN 978-4-8137-0013-1／予価600円＋税

『破滅エンドはおことわりなので、しあわせご飯を探しに出かけてもいいですか?』 和泉（いずみ）あや・著

Now Printing

絶望的なフラれ方をして、川に落ち死亡した料理好きＯＬの莉亜。目が覚めるとプレイしていた乙女ゲームの悪役令嬢・アーシェリアスに転生していた!?　このままでは破滅ルートまっしぐらであることを悟ったアーシェリアスは、破滅フラグを回避するため、亡き母が話していた幻の食材を探す旅に出るが…!?

ISBN 978-4-8137-0814-8／予価600円＋税

『黒獣王の花嫁～異世界トリップの和菓子職人』 白石（しらいし）まと・著

Now Printing

和菓子職人のメグミは、突然家族ごと異世界にトリップ！　異世界で病気を患う母のために、メグミは王宮菓子職人として国王・コンラートに仕えることに。コンラートは「黒獣王」として人々を震撼させているが、実は甘いものが大好きなスイーツ男子！　メグミが作る和菓子は、彼の胃袋を鷲掴みして…!?

ISBN 978-4-8137-0815-5／予価600円＋税